素心落雪

飞花令·水

中国文化·古典诗词品鉴

编著

中国文史出版社

图书在版编目（CIP）数据

飞花令.水 / 素心落雪编著. — 北京：中国文史出
版社，2019.1

（中国文化·古典诗词品鉴）

ISBN 978-7-5205-0587-1

Ⅰ.①飞… Ⅱ.①素… Ⅲ.①古典诗歌—诗歌欣赏—
中国 Ⅳ.①I207.2

中国版本图书馆CIP数据核字（2018）第226712号

责任编辑：高 贝

出版发行：**中国文史出版社**

社　　址：北京市海淀区西八里庄69号院　邮编：100142

电　　话：010-81136606　81136602　81136603（发行部）

传　　真：010-81136655

印　　装：北京温林源印刷有限公司

经　　销：全国新华书店

开　　本：787mm×1092mm　1/32

印　　张：7.25　　字数：160千字

版　　次：2019年4月第1版

印　　次：2019年4月第1次印刷

定　　价：36.80元

解读飞花令

　　飞花令，原是饮酒助兴的游戏之一，输者罚酒。源自古人的诗词之趣，得名于唐代诗人韩翃《寒食》中的名句"春城无处不飞花"。古代的飞花令要求，对令人所对出的诗句要和行令人吟出的诗句格律一致，而且规定好的字出现的位置同样有着严格的要求。

　　而现行"飞花令"的游戏规则相对宽松得多，只要围绕关键字背诵出相应的诗句即可。即使这样，"飞花令"仍是真正高手之间的对抗，因为这不仅考察对令者的诗词储备，更是临场反应和心理素质的较量。

水

水

水

水

飞花令

目录

水

曹操

曹操（155—220），字孟德，沛国谯（今安徽亳州）人。东汉末年著名政治家、军事家和文学家。一生讨伐董卓、镇压黄巾军、"挟天子以令诸侯"，先后消灭吕布、袁术、袁绍、刘表等割据势力，统一黄河流域。位至丞相、大将军，封魏王。曹魏立国后被追尊为太祖武帝。

水何澹澹，山岛竦峙

观沧海

东汉·曹操

东临碣石，以观沧海。
水何澹澹，山岛竦峙。
树木丛生，百草丰茂。
秋风萧瑟，洪波涌起。
日月之行，若出其中。
星汉灿烂，若出其里。
幸甚至哉，歌以咏志。

注释

碣（jié）石：古山名，即碣石山。

沧：通"苍"，青绿色。

澹澹（dàn dàn）：水波荡漾的样子。

竦峙（sǒng zhì）：耸立。竦：通"耸"，高。

萧瑟：风吹草木声音。

星汉：银河，天河。

至：极点。

简析

这首借景咏志诗将苍凉慷慨的建安风骨表现得淋漓尽致。首句单刀直入，交代了观沧海的地点，即诗人登上碣石山来观看沧海之景。"水何澹澹，山岛竦峙。树木丛生，百草丰茂。秋风萧瑟，洪波涌起。"后六句描写沧海的波澜壮阔，沧海边的高耸山石，以及苍茫凄冷的草木环境。宽阔浩荡的海水，高耸的山岛，树木与百草丛生，秋风吹起树叶发出萧瑟之声，海中巨大的海浪涌出。

"日月之行，若出其中。星汉灿烂，若出其里。"直到读到这四句诗，才会发现前面极尽笔墨描写的苍茫之景，只为后续的慷慨激昂之情的抒发做铺垫。我们都知道海再大也大不过天地，更不用说星辰日月了，那么作为大海中一部分的沧海又怎么能装得下这辽阔的日月星辰呢？因此诗人的理性迫使他加了两个"若"，但也在这两个"若"的背后，加上两句"幸甚至哉，歌以咏志"。诗人要把目前这一刻的景牢牢记下，及时歌唱。

全诗语言质朴，想象丰富，气势磅礴，苍凉悲壮。

背景

公元207年，曹操出兵征伐乌桓，得胜回师经过碣石山时登山观海，触景生情，写下了这首壮丽的诗篇。

名家点评

〔清〕张玉谷：此志在容纳，而以海自比也。(《古诗赏析》)

〔清〕沈德潜：有吞吐宇宙气象。(《古诗源》)

张翰

张翰，生卒年不详，字季鹰，吴郡（今上海松江附近）人。西晋文学家。纵任不拘，时称"江东步兵"。齐王司马同辟为大司马东曹掾，张翰知同将败，遂弃官归。所作诗今仅存六首。

秋风起兮木叶飞，吴江水兮鲈正肥

思吴江歌

西晋·张翰

秋风起兮木叶飞，吴江水兮鲈正肥。
三千里兮家未归，恨难禁兮仰天悲。

注释

吴江：今吴淞江。
木叶：树叶。
鲈：盛产于吴江的一种食用鱼。
三千里：夸张之词，形容路远。

简析

这是一首睹景思归的诗，表达了诗人的思乡之情。但诗人张翰是真的想吃吴江鲈鱼脍，还是不愿久留职位，耐人寻味。

"秋风起兮木叶飞，吴江水兮鲈正肥。"以想象的美景美食开篇，后抒发抑郁悲叹，给读者的冲击力是巨大的，其艺术美感也富有层次性与冲击力。前两句从秋风起、树叶飞的平实秋景写起，自然而然地发出对故乡吴江的鲈鱼鲜美口感的怀念之情，很容易引起每一个人对故乡风物享受与留恋的共鸣。

后两句诗人笔锋陡然一转，发出了"三千里兮家未归，恨难禁兮仰天悲"的哀叹。家，远在天边；人，有事不能归。此二句明确点出了离家千里不能归去的"恨"与"悲"，强化了前两句蕴含的情感，畅达自然，令人动容。

背景

西晋"八王之乱"初起，齐王对张翰有笼络之意，诗人不愿从乱，又见秋风起，乃思吴中菰菜、莼羹、鲈鱼脍，这首诗当是思归时即兴吟成。

名家点评

〔宋〕王銍：吴江秋水灌平湖，水阔烟深恨有余。因想季鹰当日事，归来未必为莼鲈。（《中吴纪闻》）

〔近代〕王文濡：季鹰吴江鲈莼与渊明故园松菊，同斯意致。（《古诗评注读本》）

王籍

　　王籍，字文海，生卒年不详，琅琊临沂（今山东临沂）人。南朝梁诗人。有文才，不得志。齐末为冠军行参军，累迁外兵记室。梁天监末任湘东王萧绎咨议参军，迁中散大夫等。王籍诗歌学谢灵运，《南史·王籍传》称"时人咸谓康乐之有王籍，如仲尼之有丘明，老聃之有庄周"。

艅艎何泛泛，空水共悠悠

入若耶溪

南朝梁·王籍

艅艎何泛泛，空水共悠悠。
阴霞生远岫，阳景逐回流。
蝉噪林逾静，鸟鸣山更幽。
此地动归念，长年悲倦游。

注释

　　若耶溪：因发源于若耶山而得名，在今浙江省绍兴市内。
　　艅艎：历史上有著名大船名为艅艎，后以此代指船舶。

阴霞：山阴面（即北面）的云彩。

远岫：远处的山峦。

阳景：太阳的影子。

回流：溪水流至岸边荡回的水波。

简析

"艅艎何泛泛，空水共悠悠"，诗人开篇即勾画出一幅清新明丽的山水图卷。船只形影微晃行于水上，天空与溪水相互映照，水声悠远。"阴霞生远岫，阳景逐回流"，对仗工整，动静结合。远处云霞依偎着山峦，太阳的光影与水的波纹相互追逐，动静相宜，别有意趣。

"蝉噪林逾静，鸟鸣山更幽"为本诗中的名句，耳畔传来声声蝉鸣和鸟啼，却越发显现出山林之安静。诗人以有声写无声，营造出幽静闲适的氛围。诗人倦游已久，内心对俗世充满了悲凉萧瑟的排斥感。在这样清幽静谧的美景中，诗人归隐之情油然而生。

背景

此诗为南朝梁诗人王籍在会稽郡任职时所作。会稽郡内有云门天柱山、若耶溪，风景秀美，诗人常常前往赏玩。在清新安逸的山水怀抱里，诗人生出幽居归隐之心。

名家点评

〔南北朝〕颜之推：王籍《入若耶溪》诗云："蝉噪林逾静，鸟鸣山更幽。"江南以为文外断绝，物无异议。简文吟咏不能忘之，孝元讽味，以为不复可得。(《颜氏家训》)

骆宾王

骆宾王（约638—约684），字观光，汉族，婺州义乌（今浙江义乌）人，初唐诗人，与王勃、杨炯、卢照邻合称为"初唐四杰"。骆宾王以七言歌行体诗的成就最高，如《帝京篇》《畴昔篇》等。其诗格律谨严，讲究对仗，内容广泛，格调高远，多感叹个人遭遇、抨击社会现实之作。

昔时人已没，今日水犹寒

于易水送人

唐·骆宾王

此地别燕丹，壮士发冲冠。
昔时人已没，今日水犹寒。

注释

易水：在河北易县发源，故名易水。战国末年燕太子丹曾遣荆轲去刺杀秦王嬴政，在易水告别，荆轲作"风萧萧兮易水寒"一曲表明心迹。

燕丹：即燕太子丹。

发冲冠：形容人情绪激动，头发直立顶起了帽子。

没：死去。

简析

荆轲刺秦的故事广为流传，历代文人墨客多有咏怀之作。骆宾王的这首诗短小精悍却慷慨激昂，将千年后诗人自己心中的悲壮与荆轲故事交融在一起，掷地有声，一派凛然豪情。

"此地别燕丹"，首句将送别之地与燕丹结合在一起，先声夺人，点明诗人咏怀主题。诗人在易水送别好友，"壮士发冲冠"，直写诗人心中之激荡。"昔时人已没，今日水犹寒"，荆轲虽逝，但英名千古，其豪迈气概让易水至今透出寒意，呼应当年的"易水寒"曲。诗人借咏怀荆轲，营造出豪迈悲壮的氛围，表达出身死报国的热血情怀。

背景

此诗为怀古之作。骆宾王朝中任职时多有讽谏，武则天主政将其投入狱中，后遇大赦被放出，但不能复职。悲愤之下，骆宾王送友人时写下这首诗作，抒发出报国无门、悲愤交加的痛苦心情。

名家点评

〔清〕宋宗元：末句黯然。(《网师园唐诗笺》)

〔近代〕俞陛云：此诗一气挥洒，而重在"水犹寒"三字，见人虽没，而英风壮采，凛烈如生。一见易水寒声，至今日犹闻呜咽。怀古苍凉，劲气直达，高格也。(《诗境浅说续编》)

杜审言

杜审言（约645—约708），字必简，襄州襄阳人（今湖北襄阳）。与李峤、崔融、苏味道并称"文章四友"，是唐代近体诗的奠基人之一。其五言律诗，多朴素自然，格律谨严。

独怜京国人南窜，不似湘江水北流

渡湘江
唐·杜审言

迟日园林悲昔游，今春花鸟作边愁。
独怜京国人南窜，不似湘江水北流。

注释

迟日：指春日。出自《诗经·豳风·七月》："春日迟迟，采蘩祁祁。"

边愁：边远地区的忧愁。

京国：国都，指唐代都城长安。

简析

这是一首关于羁旅忧思的七绝。

"迟日园林悲昔游，今春花鸟作边愁"，诗人回想过去春日赏花游园，其乐融融；而今年却只能在边远的峰州寄托愁绪，看到花鸟也难复往日欢乐心情。诗人一"悲"一"愁"，无论是回忆还是眼前，都充满着失落孤寂。

"独怜京国人南窜"，本是京城为官，现在却要到遥远的南方去。一个"窜"字，笔法巧妙，将诗人被贬南方的狼狈苦楚描写得入木三分。与水流向北的湘江对比，诗人的南行显得格外忧伤凄楚，南北相异，诗人的情与眼前的景巧妙地融合，浑然一体。全诗简练却精到，通过反复的对比来衬托羁旅漂泊的忧伤哀愁，一唱三叹，值得再三品读。

背景

杜审言因与张易之兄弟交往，唐中宗时，被下旨流放峰州。从长安到峰州，诗人羁旅漂泊，路经北流的湘江，因而写下此诗，一腔愁绪尽在其中。

名家点评

〔明〕胡应麟：（初唐七绝）初变梁、陈，音律未谐，韵度尚乏。惟杜审言《渡湘江》《赠苏绾》二首，结皆作对，而工致天然，风味可掬。（《诗薮·内编》）

〔明〕唐汝询：初唐七绝之冠。（《汇编唐诗十集》）

王勃

王勃（约650—676），字子安，绛州龙门（今山西河津）人，"初唐四杰"之一。其诗多写个人生活，亦有抒发政治感慨。王勃在诗歌体裁上擅长五律和五绝，代表作品有《送杜少府之任蜀州》等。原有文集，已散佚，明人辑有《王子安集》。

日落山水静，为君起松声

咏风

唐·王勃

肃肃凉景生，加我林壑清。
驱烟寻涧户，卷雾出山楹。
去来固无迹，动息如有情。
日落山水静，为君起松声。

注释

肃肃：风吹急速的样子。

涧户：山谷中的房屋。

山楹：山居的门柱。

简析

"肃肃凉景生，加我林壑清"，写凉风飒飒，吹过之地一片清凉。"驱烟寻涧户，卷雾出山楹"，颔联写风吹之后，山间的烟雾飘散，山林沟壑中也愈加清透。"驱烟""卷雾"，既写烟雾的形态，又写出烟雾变化移动的过程，生动形象，十分贴切。"去来固无迹，动息如有情"，来去之间，风难以捉摸踪迹，但仿佛风起风息都蕴含着丝丝情意。风之情实则是诗人心中之情，诗人移情于景，含蓄地表达出对风的喜爱。"日落山水静，为君起松声"，日落时分，山水一片宁静祥和，风吹起阵阵松涛，松针晃动中响声沙沙，风不仅有了触觉、视觉、人情，还有了相伴的声音，自然而有生趣。

风在日常生活中经常出现，但风吹无痕，风是无形的。诗人以风为吟咏对象，用拟人手法，能将无形无色的意象描写得生动活泼，颇有雅致，可见功力不凡。并且诗人不写风之摇摆不定，而是着重写其清凉高绝，诗人托物言志，风寄托着诗人清逸的气派与品格。

背景

此诗可能是王勃身处剑南（今四川）时所作，诗人以风为咏诵对象，将风描写得有情动人。

名家点评

〔明〕钟惺：只读末二句，知世人以王、杨、卢、骆并称，长为无眼人矣。又云：读至此，心眼始开，骨韵声光，居然一李颀、王昌龄矣。（《唐诗归》）

〔清〕屈复："加"字有斟酌，"寻"字妙，"君"字遥应"我"字，有情。（《唐诗成法》）

江送巴南水，山横塞北云

江亭夜月送别二首（其一）

唐·王勃

江送巴南水，山横塞北云。
津亭秋月夜，谁见泣离群。

注释

巴南：地名，在重庆西南部。
横：横望。
塞北：指长城以北的地方。
津亭：渡口边的亭子。
离群：分离的人。

简析

"江送巴南水，山横塞北云"，一个"横"字将路程之艰辛崎岖体现出来，且巴南与塞北地理位置一南一北，对比强烈，路途之远跃然纸上。诗人与友人身在流过巴南的江水岸边，想到此去目标在遥远寒冷的塞北深处，行旅之苦可以预见。

"津亭秋月夜，谁见泣离群"，深夜江边话别的亭子里，已经不闻人声，诗人与友人还在依依惜别。秋月高悬，离群之人暗自垂泣，又有谁会知道呢？凄冷的氛围中，诗人寂寞忧伤的心境显露无遗。全诗以景叙情，一二句描写南北两地的景物，第三句写送别的环境，都是为最后的"泣离群"伏笔，离别的不舍尽在景中，含蓄幽远。

背景

此诗为王勃客居剑南时所作。王勃少年成名，因书生意气而受到贬谪，客居剑南。身为羁旅之客，又要送别友人，回想自身怀才不遇的经历，感慨不已，遂作此诗。

名家点评

〔清〕沈德潜：意虽未深，却为正声之始。(《唐诗别裁》)

孟浩然

孟浩然（689—740），名浩，字浩然，因祖籍为襄州襄阳（今湖北襄樊）而世称"孟襄阳"，与王维合称"王孟"。其诗歌题材多以山水田园、隐居逸兴及羁旅行役为主，以五言短篇居多，风格冲淡自然，是唐代"山水派"诗人的杰出代表。

八月湖水平，涵虚混太清

望洞庭湖赠张丞相

唐·孟浩然

八月湖水平，涵虚混太清。
气蒸云梦泽，波撼岳阳城。
欲济无舟楫，端居耻圣明。
坐观垂钓者，徒有羡鱼情。

注释

张丞相：指张九龄，是唐代有名的贤相。
涵虚：指天空倒映在水中。涵，包容。虚，虚空，高空。
太清：天空。

云梦泽：江汉平原上的古代湖泊群的总称，洞庭湖是其中的一部分。

端居：闲居。

圣明：指太平盛世。

羡鱼：语出《淮南子·说林训》："临河而羡鱼，不如归家织网。"表示只有美好的愿望，而没有行动。

简析

本诗分为两部分，第一部分是对洞庭湖气象的刻画，格局高雅，雄浑博大，历来备受赞誉。"八月湖水平，涵虚混太清"，洞庭湖水面平阔，没有浩荡波澜。水面广阔，连接着广袤无垠天空，像是囊括进了目力不能及的虚空。"气蒸云梦泽，波撼岳阳城"，水气缥缈蒸腾，在云梦泽上空久久不散，水波涌动，几乎震动了整个岳阳城。在诗人略有夸张的手法下，洞庭湖的雄浑壮丽、无边无际，让人心驰神往。第二部分是诗人的隐喻，渴望能有人为自己提供"舟楫"，不再徒然"羡鱼"，委婉地传达出渴望建功立业的志气。

背景

此诗是孟浩然送予张九龄的干谒诗。唐代干谒诗十分流行，文人学子往往通过投诗来扬名自荐，其中不乏佳作，此诗即是其中的名作，对洞庭湖气象的描写更是广为流传。

名家点评

〔宋〕蔡绦：洞庭天下壮观，骚人墨客题者众矣，终未若此诗颔联一语气象。（《西清诗话》）

〔明〕邢昉：孟诗本自清澹，独此联气胜，与少陵敌，胸中几不可测。(《唐风定》)

〔清〕沈德潜：起法高深，三四雄阔，足与题称。读此诗知襄阳非甘于隐遁者。(《唐诗别裁》)

我家襄水曲，遥隔楚云端

早寒江上有怀

唐·孟浩然

木落雁南渡，北风江上寒。
我家襄水曲，遥隔楚云端。
乡泪客中尽，孤帆天际看。
迷津欲有问，平海夕漫漫。

注释

木落：树叶凋落。

南渡：南飞。

襄水曲：襄水弯曲的地方。襄水是汉水流经襄阳形成的河流，在今湖北省境内。

楚云端：楚地的尽头。

迷津：在渡口迷失道路。

平海：平阔的江水。

简析

这首诗语言简单自然，品读之下似乎一气呵成、不加雕镂，却具有非常的神韵。"木落雁南渡，北风江上寒"，诗句开篇用"木落""北风""寒江"几个典型意象，表明时节正值寒秋，呼应题中的"早寒"，又营造出寒冷凄凉的氛围。"我家襄水曲，遥隔楚云端"，写云雾横跨天空，诗人身在楚地云端的尽头，"襄水曲"代表家乡遥远不能至，离乡的忧愁情感真挚，婉转动人。

"乡泪客中尽，孤帆天际看"，情感铺陈从含蓄到直白，用"尽"字形容泪水，思乡之情状跃然纸上，哀切难已。尾联笔锋一转，仿佛迷离间的蓦然回首，"平海夕漫漫"，夕阳下只留有辽阔深沉的江水，寓情于景，意境幽远，余韵不尽。

背景

此诗是孟浩然的思乡之作。孟浩然是湖北襄阳人，他漫行游览多日后到达长江下游的吴越地区，倦游之后思乡心切，留下了这首孤寂哀婉的怀乡诗篇。

名家点评

〔宋〕刘辰翁：读此四句，令人千万言自废（"我家"四句下）。（《王孟诗评》）

〔清〕范大士：间翔容与，绝代风规。（《历代诗发》）

王昌龄

王昌龄（698—757），字少伯，河东晋阳（今山西太原）人，又一说京兆长安（今西安）人。盛唐著名边塞诗人。其诗以七绝见长，尤以登第之前赴西北边塞所作边塞诗最著，情景妙合，意与境浑，有"诗家夫子王江宁"之誉，又被后人誉为"七绝圣手"。

吴姬越艳楚王妃，争弄莲舟水湿衣

采莲曲二首（其一）

唐·王昌龄

吴姬越艳楚王妃，争弄莲舟水湿衣。
来时浦口花迎入，采罢江头月送归。

注释

采莲曲：古曲名，是一首江南民歌。

吴姬越艳楚王妃：代指采莲的女孩子们。吴姬、越艳、楚王妃都是美女的代称，此处指采莲女子的容颜美丽。

莲舟：采莲的小船。

浦口：指水边或河流入海的地方。

简析

这是一首描写江南女子的清新典雅的小诗。

"吴姬越艳楚王妃",此地是古代的吴、楚、越交会之地,吴地、楚地、越地都产生过著名的美女。诗人以此作比,赞美采莲少女们正如古时佳人一般美丽动人。"争弄莲舟水湿衣",弄舟、湿衣,简单的动作描写把少女们的开朗明媚展现了出来。"来时浦口花迎入,采罢江头月送归",诗人把花、月拟人化,仿佛在迎接和送别来到这里的采莲姑娘。日出而作、日暮而归的生活情境在诗人笔下格外清新质朴,明媚可人。

背景

此诗相传为王昌龄被贬龙标时所作。江南一带女子以采莲贩卖补贴家用,古时就有采莲曲流传。诗人以古诗为体裁,刻画了江南少女们劳作时的秀丽风姿。

名家点评

〔明〕钟惺:对结流动。(《唐诗归》)

〔明〕唐汝询:采莲之戏盛于三国,故并举之,非三国之女会采也。下联描写采莲之景如画。(《唐诗解》)

〔清〕朱之荆:首句叠得妙,次句顿得妙。结写花月逞妍,送迎媚艳,丽思新采,那不销魂!(《增订唐诗摘钞》)

王湾

　　王湾，生卒年不详，洛阳（今河南洛阳）人，唐玄宗先天年间进士，参与编撰《群书四部录》，书成后调任洛阳尉。曾往来吴、楚间，多有著述。王湾早有文名，为天下称。《全唐诗》存其诗十首。

客路青山外，行舟绿水前

次北固山下

唐·王湾

客路青山外，行舟绿水前。
潮平两岸阔，风正一帆悬。
海日生残夜，江春入旧年。
乡书何处达？归雁洛阳边。

注释

　　次：旅途中临时停宿。

　　北固山：地名，在今江苏镇江东北。

　　客路：旅途。

　　青山：指北固山。

风正：顺风。

悬：挂。

海日：海上初升的旭日。

残夜：夜将尽之时。

江春：江南的春天。

乡书：家信。

归雁：北归的大雁。

简析

这是一首寓情于景、景中含理的五言律诗。

"客路青山外，行舟绿水前"，首联对偶工丽，交代了临时停宿的地点。"潮平两岸阔，风正一帆悬"，颔联写春潮涌涨，江水浩渺，放眼望去，江面似乎与岸平了，船上人的视野也因之开阔。春来雪融，江水漫涨，崖岸宽阔，和风劲吹，船帆鼓起，何其壮也！

颈联"海日生残夜，江春入旧年"为千古名句，写当残夜还未消退之时，一轮红日已从海上升起；当旧年尚未逝去，江上已呈露春意。"日生残夜""春入旧年"，都表示时序的交替，而且是那样匆匆不可待，这怎不叫身在"客路"的诗人顿生思乡之情呢？此联不仅对仗工稳且隐含哲理。海日生于残夜，将驱尽黑暗；那江上景物所表现的"春意"，闯入旧年，将赶走严冬。诗人无意说理，却在描写景物、节令之中，蕴含着一种自然的理趣。"乡书何处达？归雁洛阳边"，尾联见雁思亲，遥应首联，神驰故里的漂泊羁旅之情怀可见一斑。

全诗用笔自然，写景鲜明，情感真切，情景交融，风格壮美，极富韵致，历来广为传诵。

背景

王湾作为开元初年的北方诗人，往来于吴楚间，为江南清丽山水所倾倒，并受到当时吴中诗人清秀诗风的影响，写下了一些歌咏江南山水的作品，《次北固山下》就是其中最为著名的一篇。

名家点评

〔唐〕殷璠："海日生残夜，江春入旧年"，诗人以来，少有此句。张燕公（张说）手题政事堂，每示能文，令为楷式。（《河岳英灵集》）

〔明〕皇甫汸：王湾《北固》之作，燕公揭以表署，才闻两语，已叹服于群众……美岂在多哉！中联真奇秀而不朽。（《唐诗直解》）

〔清〕冯班：腹联绝唱，北固山绝唱。（《瀛奎律髓汇评》）

〔清〕范大士："海日"二语，烹炼之至。（《历代诗发》）

李白

　　李白（701—762），字太白，号青莲居士，祖籍陇西成纪（今甘肃天水），是唐代最伟大的诗人之一，被后人誉为"诗仙"。李白生活在盛唐时期，他性格豪迈，游踪遍及南北各地，写出大量赞美名山大川的壮丽诗篇。李白的诗作，以乐府、歌行及绝句成就为最高。其歌行，完全打破诗歌创作的一切固有格式，空无依傍，笔法多端，达到了变幻莫测、摇曳多姿的神奇境界；其绝句，自然明快，能以简洁明快的语言表达出无尽的情思。其诗风，既豪迈奔放，又清新飘逸，而且想象丰富，意境奇妙。

青山横北郭，白水绕东城

送友人

唐·李白

青山横北郭，白水绕东城。
此地一为别，孤蓬万里征。
浮云游子意，落日故人情。
挥手自兹去，萧萧班马鸣。

注释

北郭：古代城市内城叫城，外城叫郭，北郭即外城北面。

蓬：指飞蓬，常随风飘转，喻指飘零。

征：远行。

萧萧：马鸣之声。

班马：离群之马。

简析

这首诗是描写送别的名作。"青山横北郭，白水绕东城"，首联对仗整齐，"青山""白水"之间，风景秀美，与下文的离别产生了强烈对比。在这里相别，"孤蓬万里征"，想到友人前路漫漫，就像是风中飘散的蓬草一般，萧瑟孤独的情绪油然而生。"孤蓬"的弱小与"万里"的路程相比更显卑微，路程遥远艰难可想而知。

"浮云游子意，落日故人情"，颈联从孟浩然的"蹉跎游子意，眷恋故人心"中化出，又不露匠意。"浮云""落日"，似是写景，实则喻指"游子"和"故人"的心境，一个如浮云般飘零无依，一个如落日般含蓄深沉。尾句"萧萧班马鸣"，仍未写明分别之苦，而是将分离的悲伤寄托在马儿的嘶鸣中，余音袅袅，哀伤动人。

本诗运用大量典型意象，"孤蓬""浮云""班马"，将离别的景与情渲染得更加突出，具有极强的感染力。

背景

这首诗是李白送别友人而作。与友人分别，诗人内心既有不舍，也有凄楚，还有一缕天涯飘零的萧瑟。

名家点评

〔清〕仇兆鳌：太白诗"浮云游子意，落日故人情"，对景怀人，意味深远。(《杜诗详注》)

〔清〕沈德潜：三、四流走，竟亦有散行者，然起句必须整齐。苏、李赠言，多唏嘘语而无蹶躄声，知古人之意在不尽矣，太白犹不失斯意。(《唐诗别裁》)

白雪乱纤手，绿水清虚心

月夜听卢子顺弹琴

唐·李白

闲坐夜明月，幽人弹素琴。
忽闻悲风调，宛若寒松吟。
白雪乱纤手，绿水清虚心。
钟期久已没，世上无知音。

注释

卢子顺：诗人友人，一位隐士。

幽人：幽居隐逸之人。

素琴：装饰素雅的琴。

悲风：曲名，又称《悲风操》。

白雪：曲名，相传为春秋时期的师旷所作。

绿水：曲名，又称渌水，李白作有《渌水曲》。

钟期：指春秋时人钟子期，伯牙鼓琴而歌，钟子期是其知音。后钟子期去世，伯牙摔琴，表示世上再无知音，此生不再弹琴。后常以伯牙子期代指知音和友情。

简析

这首诗写幽人弹琴，借以慨叹世上无知音。

"闲坐夜明月，幽人弹素琴"，首联描绘了一幅明月当空、静听琴声的优美图画。静谧的夜晚，诗人悠闲地望着天上的明月，听着卢子顺弹奏悠扬的琴声。"忽闻悲风调，宛若寒松吟"，写卢子顺善于琴艺，演奏《悲风》一曲时，好似忽然间悲风袭来，又像是山间的寒松在狂风中哀鸣，描写生动逼真。

"白雪乱纤手，绿水清虚心"，演奏《白雪》时，手指翻飞，"乱"点明琴弦拨动之快，"纤手"则展现手之美。演奏《绿水》时，曲调清幽沉静，洁净心灵，声、景、心境合一，呈现出人琴交融的美感。"钟期久已没，世上无知音"，尾联写诗人在世上久无知音，满腔情怀无人可说，只能借琴声抒发一二，孤寂的心境显露无遗。

背景

李白在一个静谧的月夜听到卢子顺弹琴，悠扬婉转的琴声里，诗人的思绪也随之起伏。此诗赞颂了卢子顺高超的琴艺，也传达出诗人无人倾诉、渴望知音的寂寥。

今日云景好，水绿秋山明

九日

唐·李白

今日云景好，水绿秋山明。
携壶酌流霞，搴菊泛寒荣。
地远松石古，风扬弦管清。
窥觞照欢颜，独笑还自倾。
落帽醉山月，空歌怀友生。

注释

流霞：传说天上神仙的饮料，常代指美酒。

搴菊：以手折菊。

寒荣：寒天开放的花。

弦管：泛指乐器和乐声。

窥觞："觞"为古代的酒杯，"窥觞"指看见杯子里的倒影。

自倾：自己倾倒，形容心中欢乐。

落帽：古书中有"孟嘉落帽"典故，形容风流倜傥、豪爽潇洒的名士姿态。

友生：友人。

简析

"今日云景好，水绿秋山明"，开篇写重阳佳节天朗云清，绿水青山相映成趣，可见诗人心情愉悦。"携壶酌流霞，搴菊泛寒荣"，诗人登高赏菊，畅饮美酒，酒壶中装的是堪比仙境的佳酿，采下的菊花馨香扑鼻，散发着秋日气息。"地远松石古"，高山深林之间，松树、山石姿态奇绝，颇有古朴意蕴。

"风扬弦管清"，丝竹声随风传入诗人耳中，乐声清朗动听。"窥觞照欢颜"，低头笑看酒杯中的倒影，映照出诗人愉悦的笑颜，见到酒杯中的自己，诗人不禁开怀大笑，几乎倾倒。虽然是"独笑"，但诗人并非孤寂落寞地自怜，而是怡然自乐、兴致勃勃。

"落帽醉山月，空歌怀友生"，尾句引用典故，山月升起，诗人像魏晋名士一样醉倒在山林之间，帽子落下，高声吟唱。诗人怀念友人，仪容不整却自有风流，展现出自由不羁的心境。

背景

此诗为诗人李白晚年在当涂所作，诗人在重阳节之际登高赏菊，表达了豁达自乐的人生情怀。

却下水晶帘，玲珑望秋月

玉阶怨

唐·李白

玉阶生白露，夜久侵罗袜。
却下水晶帘，玲珑望秋月。

注释

玉阶怨：乐府旧题，主旨为宫怨。

罗袜：丝罗织就的袜子。

却：回去，返回。

玲珑：晶莹明澈的样子。

简析

"玉阶生白露，夜久侵罗袜"，"玉阶""罗袜"透露出深宫的楼阁繁复与衣裳华丽。但在这华丽的宫城内，台阶上铺满白露，可见无人探访，门庭冷清。夜深露重，罗袜都被露水浸湿，诗人虽写"夜久"，表现的却是等待之"久"。

"却下水晶帘，玲珑望秋月"，返回屋内，降下水晶帘，深宫女子却无心睡眠，忍不住隔帘相望天上的明月。月光玲珑澄净，隔着水晶帘更显出清冷迷离的朦胧美。诗人未明写幽怨，而是从细节上着力，刻画出鲜明的深宫女子寂寞望月的景象，语言精练含蓄，真实动人。

背景

此诗为李白仿拟乐府旧题《玉阶怨》所作，描绘了深宫女子幽怨寂寞的情形，意境含蓄深远，隽永悠长。

名家点评

〔明〕李沂：从未有过下帘望月者，不言怨而怨自深。（《唐诗援》）

〔清〕黄叔灿：始在阶前，继居帘内，当夜永而不眠，借望月而自遣。曰"却下"，曰"玲珑"，意致凄恻，与崔国辅"浮扫黄金阶"诗意同。一曰"不忍见秋月"，一曰"玲珑"见秋月，各极其妙。彼含"不忍"字，此含"望"字。（《唐诗笺注》）

思归若汾水，无日不悠悠

太原早秋

唐·李白

岁落众芳歇，时当大火流。
霜威出塞早，云色渡河秋。
梦绕边城月，心飞故国楼。
思归若汾水，无日不悠悠。

注释

歇：衰败。

大火流：《诗经》中有"七月流火，九月授衣"，意为大火星西行，天气转凉，代指秋季。

霜威：指寒霜肃杀的威力。

汾水：黄河支流，大致流经山西省中部，太原亦为汾水流域。

悠悠：深切悠长的样子。

简析

"岁落众芳歇，时当大火流"，秋季到来，万物走向萧瑟，花草都衰败了，开篇营造出凄冷忧伤的氛围。"霜威出塞早，云色渡河秋"，太原已经近于边关苦寒之地，所以称"出塞"，初秋就已寒霜肃杀，秋日的丛云也早早飘移到河的这边，宣告寒冷季节的到来。在与故乡完全不同的寒冷环境中，诗人仕途不遇的落寞迸发出了对家乡的思念。

"梦绕边城月，心飞故国楼"，虽然身在太原，梦里都是边关的月亮，但是诗人的心远远地飞到了家乡的楼宇之间。"飞"

字极为巧妙，将诗人思乡之激动深切生动地体现出来。"思归若汾水，无日不悠悠"，尾联点题，以太原之景入诗，对家乡的思念就像汾水一样深远悠长，情感真挚动人。

背景

此诗作于唐玄宗开元二十三年（735）秋天。这年夏季，李白应友人之邀，同来太原，意欲攀桂以求闻达，然而辗转三晋，历时数月，终未能得到实现抱负的机会。

名家点评

〔清〕高步瀛：格调高逸。（《唐宋诗举要》）

桃花潭水深千尺，不及汪伦送我情

赠汪伦

唐·李白

李白乘舟将欲行，忽闻岸上踏歌声。
桃花潭水深千尺，不及汪伦送我情。

注释

汪伦：诗人好友，在桃花潭附近居住。
踏歌：唐代流行的民间舞蹈形式，边走边唱。
桃花潭：水名，在今安徽省泾县内。

简析

历来称颂友情的诗篇甚多，此诗能够广为流传，在于手法巧妙又不失真挚动人。寥寥几句间，友情之真、相交之深、相见之喜、分离之憾尽在其中，浑然天成。

"李白乘舟将欲行，忽闻岸上踏歌声"，诗人本已行船离开，忽地听到岸上传来好友汪伦的歌声。不见其人，其情意却已传入诗人耳中。"桃花潭水深千尺"，诗人采用夸张手法，写桃花潭水之深有"千尺"，状似离题且无理。直至尾句，以此水"深"衬托情"深"，才让人恍然大悟。情之深重如水一般，恰到好处，可见诗人丰富灵动的想象力。

全诗清新质朴，自然风趣，诗人爽朗自由的性格也在字里行间流露出来。

背景

这是诗人李白一首广为传唱的名作。李白与汪伦相交甚笃，汪伦隐居在泾县桃花潭畔，李白常常到此访友。一次送别，李白写下这首简练质朴的小诗，情感真挚，语言巧妙，传唱至今。

名家点评

〔清〕沈德潜：若说汪伦之情比于潭水千尺，便是凡语，妙境只在一转换间。(《唐诗别裁》)

〔清〕黄叔灿：相别之地，相别之情，读之觉娓娓兼至，而语出天成，不假炉炼，非太白仙才不能。"将"字、"忽"字，有神有致。(《唐诗笺注》)

〔清〕宋宗元：深情赖有妙语达之。(《网师园唐诗笺》)

天门中断楚江开，碧水东流至此回

望天门山

唐·李白

天门中断楚江开，碧水东流至此回。
两岸青山相对出，孤帆一片日边来。

注释

天门山：山名，在今安徽省当涂县境内。由两座山组成，东为东梁山（又称博望山），西为西梁山（又称梁山）。两山隔江对峙，形同天设的门户，天门由此得名。

楚江：长江，因在楚地，所以诗人称楚江。

简析

雄奇壮丽的天门山，在诗人的笔下更多了几分豪迈气概。全诗以"望"为诗眼，句句都是"望"之所得，却不显"望"字。

"天门中断楚江开"，天门山拥抱着奔涌的滔滔江水，像是江水将一座山撞开了一般，以"山"衬"水"，江水之浩荡汹涌跃然纸上。而次句"碧水东流至此回"，又反其道行之，以"水"衬"山"，水波遇到阻碍不得不掉转方向，将山之雄浑奇绝凸显出来。

"两岸青山相对出，孤帆一片日边来"，三四句分别写"青山""孤帆"，青山静立巍峨，孤帆飘荡渺小，动静对比，大小对比，景致的空间感、层次感由此产生。尾句一叶小船袅袅行来，又展示出悠远含蓄的意境。

背景

此诗为李白青年时期经过天门山时所作，时间当是唐玄宗开元十三年（725）春夏之交。初次见到天门山，诗人兴致勃发，留下了这首豪迈壮阔的诗篇。

名家点评

〔清〕黄叔灿：此天然图画境界，正难有此大手笔写成。（《唐诗笺注》）

〔清〕宋顾乐：此等诗真可谓"眼前有景道不得"也。（《唐人万首绝句选》）

抽刀断水水更流，举杯销愁愁更愁

宣州谢朓楼饯别校书叔云

唐·李白

弃我去者，昨日之日不可留；
乱我心者，今日之日多烦忧。
长风万里送秋雁，对此可以酣高楼。
蓬莱文章建安骨，中间小谢又清发。
俱怀逸兴壮思飞，欲上青天揽明月。
抽刀断水水更流，举杯销愁愁更愁。
人生在世不称意，明朝散发弄扁舟。

注释

宣州：地名，在今安徽宣城一带。

谢朓楼：因南齐诗人谢朓所建而得名。

校书叔云：指诗人李云，担任校书郎一职。

蓬莱：代指东汉时期藏书的东观。

建安骨：指建安年间"建安七子"等代表的诗风。

小谢：指谢朓。

弄扁舟：宣州为古越国旧地，曾有范蠡乘舟归隐的传说。

简析

"弃我去者，昨日之日不可留；乱我心者，今日之日多烦忧。"本诗开篇即见诗人心中豪情，想要抛开昨日所失与今日忧愁，尽抒胸臆。"长风万里送秋雁，对此可以酣高楼"，送别之际，长风、秋雁的意象既是所见，也是比拟，诗人和友人在高楼上看风吹雁飞，兴致大起，不谈俗世，酣畅饮酒。

"蓬莱文章建安骨，中间小谢又清发"，写两位诗人酒中之乐与笔下风骨堪称古今。"俱怀逸兴壮思飞，欲上青天揽明月"，在诗兴的激发下，诗人几乎要飞到天上去揽取明月，展现出诗人冲破人世藩篱，向往自由的勃发气概。

"抽刀断水水更流，举杯销愁愁更愁"，回想起现实的种种不平，诗人发出了不如归隐的慨叹："人生在世不称意，明朝散发弄扁舟。"面对浑浊不公的俗世，诗人从哀怨自怜中超脱出来，体现出一览古今、豪情万丈的开阔情怀。

背景

此诗为李白赠予李云的送别之作，表现了诗人希望抛却俗世烦忧、出世归隐的万古豪情。

名家点评

〔清〕沈德潜：此种格调，太白从心中化出。(《唐诗别裁》)

〔清〕刘熙载：昔人谓激昂之言出于兴，此"兴"字与他处言兴不同。激昂大抵是情过于事，如太白诗"欲上青天揽明月"是也。(《艺概》)

王维

　　王维（约701—约761），字摩诘，号摩诘居士，世称"王右丞"，河东蒲州（今山西永济）人，是唐代著名的山水派诗人和画家。王维参禅悟理，学庄信道，精通诗、书、画、乐等，以诗名盛于开元、天宝间，尤长五言，多咏山水田园，与孟浩然合称"王孟"，并有"诗佛"之称。其诗清新淡远、自然脱俗，苏轼评曰："味摩诘之诗，诗中有画；观摩诘之画，画中有诗。"

寒山转苍翠，秋水日潺湲

辋川闲居赠裴秀才迪

唐·王维

寒山转苍翠，秋水日潺湲。
倚杖柴门外，临风听暮蝉。
渡头余落日，墟里上孤烟。
复值接舆醉，狂歌五柳前。

注释

辋川：地名，在今陕西省蓝田县境内。王维在辋川有著名的辋川别墅。

裴秀才迪：裴迪，为诗人好友。

潺湲：缓缓流淌。

墟里：村庄。

接舆：指狂士接舆，典故出自《论语》。孔子适楚，楚地的狂士接舆对孔子高吟："凤兮凤兮！何德之衰？往者不可谏，来者犹可追。已而，已而！今之从政者殆而！"后多以接舆代指狂放的名士。

五柳：东晋诗人陶渊明号"五柳先生"，代指隐逸之人。

简析

这是一首诗、画、音乐完美结合的五律。

"寒山转苍翠，秋水日潺湲"，一个"转"字将山林草木颜色变化的过程勾勒了出来，动态的过程尽显，与"日"的常态形成对比，展现出一派逸趣。"渡头余落日，墟里上孤烟"，"余""上"二字亦是精妙，渡头行人散去，只余下一轮落日；一缕青烟直上天空，村落里已有炊烟升起。诗人只用二字便将落日、炊烟的形态、变化尽显无遗，又为读者留下了无尽的品读空间，笔力超然。"复值接舆醉，狂歌五柳前"，尾联生动地刻画了裴迪的狂士形象，表明了诗人对他的由衷好感，诗题中的赠字，也便有了着落。

全诗物我一体，情景交融，诗中有画，情趣陶然。

背景

本诗是王维赠予好友裴迪的唱和诗词，诗人隐居在辋川别墅，好友醉酒来访，诗句通过对辋川诸景的描写，展现出安详恣意的隐居风貌。

名家点评

〔明〕邢昉：起语高远空旷，然与嘉州不同。(《唐风定》)

〔清〕王夫之：通首都有"赠"意在言句文身之外，不可徒以结用两古人为赠也。楚狂、陶令俱凑手偶然，非著意处，以高洁写清幽，故胜。(《唐诗评选》)

欲投人处宿，隔水问樵夫

终南山

唐·王维

太乙近天都，连山接海隅。
白云回望合，青霭入看无。
分野中峰变，阴晴众壑殊。
欲投人处宿，隔水问樵夫。

注释

终南山：长安以南的名山，是秦岭山脉中的一段，在今陕西省境内。

太乙：终南山在唐朝时的俗称，又称"太一"，来源于道教。

天都：指首都长安。

海隅：海角。

分野：古人依照天上星辰的位置，把地面划分为十二个区域，每一块区域对应一个星辰，称为分野。

简析

终南山巍峨高耸，时人皆知。诗人王维描写山之"高"，另辟蹊径，不直接点明山高，而是通过周围参照景色的区别和变化来衬托山的高大险峻。"连山接海隅"，写山脉绵长似乎直通遥远的海滨。"白云回望合，青霭入看无"，写白云在身旁缭绕，雾霭近在眼前，颔联侧面描写山高。"分野中峰变，阴晴众壑殊"，一"变"一"殊"，终南山似乎分隔了天地，夸张手法足以想象山之辽阔。"欲投人处宿，隔水问樵夫"，尾联笔锋一转，从高山峻岭的自然之景转向现世，山间云雾萦绕仿若仙境，结尾又回到人间，情景完整，人与山的画面有了交融和谐的韵味。

全诗写景、写人、写物，有声有色，意境清新，宛若一幅山水画。

背景

这首诗是王维在终南山隐居时所作。王维生性淡泊，喜爱隐逸生活，而终南山近于长安，风景秀丽，吸引诗人在此久久流连，留下了这首山居佳作。

名家点评

〔清〕沈德潜："近天都"言其高，"接海隅"言其远，"分野"二句言其大，四十字中无所不包，手笔不在杜陵下。或谓末二句似与通体不配。今玩其语意，见山远而人寡也，非寻常写景可比。(《唐诗别裁》)

〔清〕张谦宜：于此看"积健为雄"之妙。"白云"两句，看山得三昧，尽此十字中。(《茧斋诗谈》)

流水如有意，暮禽相与还

归嵩山作

唐·王维

清川带长薄，车马去闲闲。
流水如有意，暮禽相与还。
荒城临古渡，落日满秋山。
迢递嵩高下，归来且闭关。

注释

清川：清澈的流水。

长薄：绵延的草木丛。

闲闲：从容自得的样子。

相与：一起。

迢递：遥远的样子。

嵩高：即嵩山，亦称为嵩高。

简析

诗人隐居嵩山，周围一片静谧悠闲的自然风光。"清川带长薄，车马去闲闲"，写潺潺流水环绕着草木，车马缓缓从小路上驶过。伴随着赏心悦目的美景，诗人回到了隐居的地方。

"流水如有意，暮禽相与还"，拟人手法的运用，使得流水、禽鸟都染上了诗人的喜悦，变得可爱有情。

"荒城临古渡，落日满秋山"，颈联写萧瑟的秋季已经到来，渡口、城门一片萧索，营造出凄冷的氛围。山中有清川、流水，身后却是荒城、古渡等萧瑟意象，理想的栖居环境不言自明。"迢递嵩高下，归来且闭关"，诗人从风云诡谲的朝堂上离开，只希望在这幽静的山林中归隐栖息。

全诗寓情于景，毫无斧凿匠气，清新秀丽的风景描写透露出诗人渴望归隐的心境。

背景

唐朝长安交通不便，而洛阳繁华，因此皇帝治所常设在洛阳。诗人王维也在洛阳附近寻觅幽静之地，这首诗就是王维从长安返回洛阳后，在嵩山隐居时所作。

名家点评

〔清〕吴瑞荣：信心而出，句句自然，前辈所谓"闲适之趣，澹泊之味，不求工而自工者"，此也。（《唐诗笺要》）

〔清〕沈德潜：写人情物性，每在有意无意间。（《唐诗别裁》）

漠漠水田飞白鹭，阴阴夏木啭黄鹂

积雨辋川庄作

唐·王维

积雨空林烟火迟，蒸藜炊黍饷东菑。
漠漠水田飞白鹭，阴阴夏木啭黄鹂。
山中习静观朝槿，松下清斋折露葵。
野老与人争席罢，海鸥何事更相疑。

注释

积雨：久雨。

藜：植物，可以做菜食用。

东菑：东边的田地。

漠漠：广阔的样子。

啭：鸟叫声。

朝槿：槿花，槿花朝开夕谢，故称朝槿。

清斋：清淡的斋饭。

露葵：霜降后的葵菜。

野老：村野中的老人，代指诗人自己。

争席：争抢座位，形容彼此融洽无间，不拘礼节。

简析

　　此诗描绘了夏日久雨初停后关中平原上美丽繁忙的景象。前四句写诗人静观所见，后四句写诗人的隐居生活。诗人把自己幽雅清淡的禅寂生活与辋川恬静优美的田园风光结合起来描写，创造了一个物我相惬、情景交融的意境。全诗写景生动真切，生活气息浓厚，如同一幅淡雅的水墨画，清新明净，形象鲜明，表现了诗人隐居山林、脱离尘俗的闲情逸致。

颔联"漠漠水田飞白鹭，阴阴夏木啭黄鹂"是广为传诵的名句，寥寥数语间，色彩、温度、鸟鸣通融在一处，视觉、听觉、触觉相互配合，给读者以通感的体验，意境幽远，气韵悠长。

背景

这首诗是王维晚年所作。王维离开仕途后，归隐终南山，后来在蓝田的辋川别墅幽居，生活十分安静惬意。另外，王维学佛颇有所成，诗作中体现出佛家万物皆空和追求自然的生活态度。

名家点评

〔宋〕刘辰翁：写景自然，造语又极辛苦。顾云：结语用庄子忘机之事，无迹，此诗首述田家时景，次述已志空泊，末写事实，又叹俗人之不知已也。东坡云：摩诘"诗中有画，画中有诗"者，此耳。(《王孟诗评》)

〔清〕胡以梅：三四雨后之景，用叠字独能句圆神旺。五言看破荣枯，六言甘于清虚。(《唐诗贯珠笺释》)

储光羲

储光羲（约706—763），润州延陵人，田园山水诗派代表诗人之一。开元十四年（726）举进士，授冯翊县尉，转汜水、安宣、下邽等地县尉。因仕途失意，遂隐居终南山。与王维交善，擅写五言古诗，多写田园闲适生活与山水风景。明人辑有《储光羲集》。

潭清疑水浅，荷动知鱼散

钓鱼湾
唐·储光羲

垂钓绿湾春，春深杏花乱。
潭清疑水浅，荷动知鱼散。
日暮待情人，维舟绿杨岸。

注释
钓鱼湾：钓鱼的水湾，何地不详。
春深：春意浓郁。
维舟：系船停泊。

简析

此诗写景，景中有人，那位等待情人的钓鱼人也在景致之中，浑然一体，情意自然。

"垂钓绿湾春，春深杏花乱"，在周遭满眼绿色的水湾垂钓，春意盎然。一个"乱"字，鲜明刻画出杏花蓬勃绽放的生机和活力。"潭清疑水浅，荷动知鱼散"，一语双关，既是写钓鱼人看水看鱼的心理活动，也是写其等待情人的紧张和忙乱。诗人描写心理活动十分细腻，通过外在的变化来写内在的心情波动，以有形写无形，十分巧妙。尾句点出"待情人"，天色渐晚，还不见情人的身影，心中焦急却不舍离去，只好把船儿系在杨树堤岸上。全诗构造了一个清新淡雅的环境，语调优美，让人心生愉悦。

背景

这首诗是储光羲《杂咏五首》中的第四首，诗中描写了一个在安逸闲适氛围中等待爱人的痴心人形象，大约是作于储光羲隐居终南山之时。

名家点评

〔明〕唐汝询：此见无心于钓，借之以适情，故即景之幽，真乐自在。(《唐诗解》)

〔清〕王夫之：涟漪赴曲，晴色在眉。"日暮"二句忽入，自有条理。(《唐诗评选》)

〔清〕沈德潜："待情人"，候同志也。见钓者意不在鱼。(《唐诗别裁》)

杜甫

杜甫（712—770），字子美，自号少陵野老，襄阳人，后徙巩县（今河南巩义），是唐代伟大的现实主义诗人，与李白合称"李杜"。杜甫生活在唐朝由盛转衰的历史时期，其诗大多反映当时的社会面貌和民间疾苦，题材广泛，寄意深远，抒发了忧国忧民的情怀，因而被誉为"诗史"。杜诗沉郁顿挫，语言精练，格律严谨，感情真挚，达到了极高的艺术水平。

昔闻洞庭水，今上岳阳楼

登岳阳楼
唐·杜甫

昔闻洞庭水，今上岳阳楼。
吴楚东南坼，乾坤日夜浮。
亲朋无一字，老病有孤舟。
戎马关山北，凭轩涕泗流。

注释

岳阳楼：名胜，在今湖南省岳阳市境内。

吴楚：古时在此处有吴国和楚国，后多以吴地、楚地代称。

坼：分裂。

乾坤：日月。

老病：年老多病，此处指诗人自己。

关山：山名，代指北方边境。

凭轩：倚着栏杆。

简析

"昔闻洞庭水，今上岳阳楼"，诗人登上闻名已久的岳阳楼，望着浩瀚的洞庭湖，心中百感交集。"吴楚东南坼，乾坤日夜浮"是这首诗中的名句，遥望四方，洞庭水曾将这一块土地分割成吴、楚两个国家，日月星辰就在湖水上日夜悬浮飘移。诗句虚实交错，在洞庭一处即融合了千百年间的时空变幻，立意高远，气势磅礴。

"亲朋无一字，老病有孤舟"，颈联写诗人报国的雄心虽然未灭，无奈已年老体衰，独身漂泊在浩荡的天地间，流露出无可奈何的伤感情绪。"戎马关山北，凭轩涕泗流"，虽然心存壮志，但是如今却只能在岳阳楼上哀叹流泪，对比中展现出诗人痛苦哀伤的心境。

背景

此诗为杜甫晚年的代表作之一。写此诗时杜甫已57岁，生活孤苦，疾病缠身。诗人一路漂泊来到岳州，在高昂巍峨的岳阳楼上，看着壮阔的洞庭湖，一时间孤独落寞涌上心头，留下了这首诗。

名家点评

〔清〕查慎行：杜作前半首由近说到远，阔大沉雄，千古绝唱，孟作亦在下风。(《初白庵诗评》)

〔清〕宋宗元："吴楚"二句雄伟，雅与题称。此作与襄阳《临洞庭》诗同为绝唱，宜方虚谷大书毡门，后人更不敢题也。(《网师园唐诗笺》)

鸿雁几时到，江湖秋水多

天末怀李白

唐·杜甫

凉风起天末，君子意如何。
鸿雁几时到，江湖秋水多。
文章憎命达，魑魅喜人过。
应共冤魂语，投诗赠汨罗。

注释

天末：天边，诗中代指偏远的秦州。

鸿雁：古时有鸿雁传书的故事，因此多以鸿雁代指书信。

秋水：秋季冷冽的水，代指旅程中的困难。

魑魅：鬼怪，这里指坏人或邪恶势力。

冤魂：指投于汨罗江而死的屈原。

简析

此诗以凉风起兴，对景相思，设想李白于深秋时节在流放途中，从长江经过洞庭湖一带的情景，表达了作者对李白深切的牵挂、怀念和同情，并为他的悲惨遭遇愤慨不平。

"凉风起天末，君子意如何"，诗人以凉风起兴，秦州已处在转冷的秋季，不知好友李白是否也承受着秋风的萧索。虽已寄出书信，但因路途遥远无法及时送达。想到好友的前路，不知还有多少江湖险恶，诗人内心一片忧虑，不由得发出了"文章憎命达，魑魅喜人过"的感慨。此两句既是为好友李白不平，也是为千古以来的怀才不遇之士发声，饱含辛酸，感人至深。

"文章憎命达"，意谓文才出众者总是命途多舛，语极悲愤，有"怅望千秋一洒泪"之痛；"魑魅喜人过"，隐喻李白流放夜郎，是遭人诬陷。此二句议论中带情韵，富含哲理，意味深长。"应共冤魂语，投诗赠汨罗"，千年前的屈原即是遭嫉投江，好友的心情此时当同屈原一般，悲愤不平之气溢于言表。

全诗情感真切深挚，风格婉转沉郁，为历代广为传诵的抒情名篇。

背景

此诗是杜甫在秦州怀想好友李白时所作。李白与杜甫知交深厚，但李白因永王李璘之事流放夜郎，杜甫则身在偏远的秦州。杜甫为好友的坎坷前程忧心不已，写下这首遥寄之作。

名家点评

〔清〕宋宗元："鸿雁"四句，《骚》经之遗。(《网师园唐诗笺》)

新添水槛供垂钓，故着浮槎替入舟

江上值水如海势聊短述

唐·杜甫

为人性僻耽佳句，语不惊人死不休。
老去诗篇浑漫与，春来花鸟莫深愁。
新添水槛供垂钓，故着浮槎替入舟。
焉得思如陶谢手，令渠述作与同游。

注释

值：正值、正逢。

聊：姑且。

短述：简短地陈述。

耽：沉迷。

漫与：随意写成。

故着：因此设置。

浮槎：浮在水面上的木筏。

陶谢：指陶渊明、谢灵运两位诗人。

令渠：让他们。

简析

　　"为人性僻耽佳句，语不惊人死不休"，首联历来广为传诵，生动形象地概括了写诗中的"琢磨"功夫，"语不惊人死不休"一句更是成为此后诗人写作时的标杆。"老去诗篇浑漫与，春来花鸟莫深愁"，多年练就的笔力使得写作更像是随意而为，少了伤春忧愁的雕琢和堆砌。"水槛""浮槎"，一物一景都可起兴入诗；水边垂钓，江上泛舟，一举一动都与古人雅兴相通。"焉得思如陶谢手，令渠述作与同游"，尾联写如能有陶渊明、谢灵运这样的诗中知己在，同赏同游岂不更是畅快？诗人别出心裁，将诗意相通的古今诗人合为一处，超越时空，共赏雅兴，格调甚高。

背景

此诗当作于唐肃宗上元二年（761）。杜甫时年五十岁，居于成都草堂。

名家点评

〔宋〕刘克庄：前二句自负不浅，卒章乃推尊陶、谢，可见前哲服善不争名之意。（《后村诗话》）

〔清〕屈复：告在题外，意在题中，妙。（《唐诗成法》）

自去自来堂上燕，相亲相近水中鸥

江村

唐·杜甫

清江一曲抱村流，长夏江村事事幽。
自去自来堂上燕，相亲相近水中鸥。
老妻画纸为棋局，稚子敲针作钓钩。
但有故人供禄米，微躯此外更何求？

注释

清江：清澈的江水。

一曲：江水中的一段弯曲。

长夏：悠长的夏季。

幽：幽静、安闲。

故人：指诗人的朋友严武。

禄米：古代官员俸禄，以米（粮）计算，故称禄米。诗中代指米粮。

微躯：微贱的躯体，代指诗人自己。

简析

"清江一曲抱村流，长夏江村事事幽"，诗人身居小小的江边村落，远离战火喧嚣，一时间只觉得夏日绵长，每日都是安逸闲适。首联写江村之远景，村庄被弯曲的江水环抱，氛围悠闲宁静。"自去自来堂上燕，相亲相近水中鸥"，颔联转向一处微小景致，燕子自在来去，水鸟相互依偎，对仗工整，清新活泼中展现出自由快活的情调。

"老妻画纸为棋局，稚子敲针作钓钩"，颈联又转向身边的妻子，老妻闲来无事，在纸上画出棋局的栏线，小儿子心心念念去钓鱼，在石头旁敲弯了针作为钓钩，质朴自然的描写中又多了几分别致有趣。这样的悠闲快乐虽然微小，但经历了战争分离的诗人已经十分满足。"但有故人供禄米，微躯此外更何求"，尚有米粮可食，还有什么可求的呢？对简单生活的知足反衬出早年生活的艰辛，余味哀伤。

背景

此诗作于唐肃宗上元元年（760）夏季，在安史之乱的漂泊过后，诗人得到了友人严武的帮助，建起了成都草堂，有了安身之所。诗句描写日常生活场景，传达出诗人安逸知足的心境。

名家点评

〔清〕黄生：杜律不难于老健，而难于轻松。此诗见潇洒流逸之致。（《杜诗说》）

司空曙

司空曙（约720—约790），字文明，广平（今
河北永年）人。唐代诗人，大历十才子之一。其诗
多为行旅赠别之作，由于仕途坎坷，又长期迁谪，
所以他对遭遇不幸的友人常常表现出深切的关心。
其诗多幽凄情调，间写乱后的心情。

纵然一夜风吹去，只在芦花浅水边

江村即事

唐·司空曙

钓罢归来不系船，江村月落正堪眠。
纵然一夜风吹去，只在芦花浅水边。

注释

即事：以当前的事物为题材所作的诗。

正堪眠：正是睡觉的好时候。堪：可以，能够。

简析

　　"钓罢归来不系船"，首句写渔翁夜钓回来，懒得系船，而让渔船任意飘荡。"不系船"三字为全诗关键，以下诗句全从这三字生出。"江村月落正堪眠"，第二句上承起句，点明"钓罢归来"的地点、时间及人物的行动、心情。船停靠在江村，时已深夜，月亮落下去了，人也已经疲倦，该睡觉了，因此连船也懒得系。但是，不系船可能对安然入睡会有影响。这就引出了下文："纵然一夜风吹去，只在芦花浅水边。"这两句紧承第二句，回答了上面担心的问题。"纵然""只在"两个关联词前后呼应，一放一收，把意思更推进一层：且不说夜里不一定起风，即使起风，没有缆住的小船也至多被吹到那长满芦花的浅水边，也没有什么关系。这里，诗人并没有刻画幽谧美好的环境，然而钓者悠闲的生活情趣和江村宁静优美的景色跃然纸上，表达了诗人对生活随性的态度。

背景

　　司空曙虽因不事权贵而仕途坎坷，但其诗风一直淡雅质朴，文士气质不减。这首诗取钓船为对象，描绘出一幅生动明快的工笔画卷。

名家点评

　　〔明〕唐汝询：全篇皆从"不系船"三字翻出，语极浅，兴味自在。(《唐诗解》)
　　〔清〕吴烶：此归林下行乐之诗。无拘之身，垂钓遣兴，江静月沉，正可稳睡。偶尔不系船，更见忘机自适处，兴味于此不浅。(《唐诗选胜直解》)

钱起

钱起（约722—780），字仲文，吴兴（今浙江湖州）人。唐代宗大历中为翰林学士。钱起长于五言，词彩清丽，音律和谐。因与郎士元齐名，世称"钱郎"。其诗具有较高的艺术水平，风格清空闲雅、流丽纤秀，尤长于写景，为大历诗风的杰出代表，被誉为"大历十才子之冠"。

水月通禅寂，鱼龙听梵声

送僧归日本

唐·钱起

上国随缘住，来途若梦行。
浮天沧海远，去世法舟轻。
水月通禅寂，鱼龙听梵声。
惟怜一灯影，万里眼中明。

注释

上国：唐代日本称中国为上国。

浮天：指天空与水面距离极近，天空像是浮在水上一样。

去世：佛家"去世"指离开这一世，诗中代指离开中国。

法舟：指僧人所乘的船。

水月：水中月影，指佛家空虚的心灵状态。

梵声：讲解佛法的声音。

简析

"上国随缘住，来途若梦行"，在佛家的理念中，一切都是自在随心、随缘而行，僧人来到中国的过程几经磨难，却是随缘由心的。路途虽然坎坷，但像是往日梦境一般，没留下任何痕迹。"浮天沧海远，去世法舟轻"，颔联写日僧来到中原大地要乘船渡过万里重洋，"浮天""沧海"二词生动地说明了海之深阔。等到诗人离开中国时，像是经历了一世轮回，回程的船必是轻快无碍的。

"水月通禅寂，鱼龙听梵声"，水中月影象征着空寂的禅修，讲解经法时鱼龙都聚集在一起，听讲佛法。"惟怜一灯影，万里眼中明"，佛家修习不惧孤寂，即使只有小小的一圈灯影，佛家弟子也只能眼明心静，从中看出大千世界的缘法。

全诗意境空灵典雅，禅味深厚。

背景

此诗为钱起送给日本僧人的离别诗。唐代物质繁华，文化兴盛，日本僧人前往中国学习成为风潮。诗人所写的这首诗作，使用大量佛家用语，既诉离别之意，又呈现出高雅空灵的禅韵。

名家点评

〔清〕章燮：前半不写送归，偏写其来处；后半不明写送

归，偏写海上夜景。送归之意，自然寓内。如此则诗境宽而不散，诗情蕴而不晦矣。(《唐诗三百首注疏》)

潇湘何事等闲回，水碧沙明两岸苔

归雁

唐·钱起

潇湘何事等闲回，水碧沙明两岸苔。
二十五弦弹夜月，不胜清怨却飞来。

注释

潇湘：潇指潇水，湘指湘江，常代指二水流经的地区。古人认为大雁南飞即是前往潇湘地区，故以潇湘代指大雁的故乡。

等闲：随便、轻易。

二十五弦：琴瑟有二十五弦，故常以二十五弦代指琴瑟。

清怨：凄清幽怨。

简析

雁为候鸟，每年都要南飞北归，常被视为游子思乡的寄托。诗人在本诗中借大雁的来去，展现游子的漂泊，蕴藏着无限愁思怅惘。

首句"潇湘何事等闲回"，似是责问大雁，闲来无事为何要常常回到潇湘。看似无理责问，实写游子对家乡的依恋与不舍。"水碧沙明两岸苔"，故乡之地山清水秀，清澈的湖水沿岸，是闪动着微光的沙子，两岸苔藓碧绿，大雁常常聚集在这里啄食。虽是写景，但加入了自然中的场景，展现出大雁在故乡生活的自由自在。

"二十五弦弹夜月"，夜色笼罩下，一轮明月投下光辉，诗人用琴瑟弹起了哀伤的曲调。"不胜清怨却飞来"，此时大雁纷纷飞来，像是承受不住诗人曲调中的幽怨一般，委婉含蓄，以物寓情，透露出诗人思乡的哀伤。

本诗构思奇特，想象丰富，借咏雁婉转表达羁旅愁情，感情真挚，意趣含蓄。

背景

诗人托以大雁这一意象，不写人之思乡，而写雁之幽怨，与其所弹奏的琴瑟乐声呼应，表达了深切的思乡之情。

名家点评

〔明〕桂天祥：极佳！后人果无此作者。用意精深。乃知良工心独苦。(《批点唐诗正声》)

〔清〕何焯：托意于迁客也。禽鸟犹畏卑湿而却归，况于人乎？(《唐三体诗评》)

〔近代〕俞陛云：作闻雁诗者，每言旅思乡愁。此诗独擅空灵之笔，殊耐循讽。(《诗境浅说续编》)

刘长卿

刘长卿（约709—约790），字文房，河间（今属河北）人。天宝进士，曾任监察御史、长洲县尉、随州刺史等职，世称"刘随州"。刘诗以五言见长，被称为"五言长城"。其诗善于描摹自然景物，风格简约恬淡。

过雨看松色，随山到水源

寻南溪常山道人隐居

唐·刘长卿

一路经行处，莓苔见履痕。
白云依静渚，春草闭闲门。
过雨看松色，随山到水源。
溪花与禅意，相对亦忘言。

注释

南溪：地名，据考证可能在湖北宜宾境内。

莓苔：即青苔。

履痕：鞋履的痕迹，指足迹。

渚：水中沙洲。

简析

全诗描写景致以精描为主，不追求宏大辽阔，而是精练提取方寸之间的几处景观，锤炼字句，酝酿出典雅清新的气质。

诗句的铺陈是随着诗人的前行展开的，从"一路经行处"的山路，走到"春草闭闲门"的道观门前，无人在家，转向"随山到水源"的山水风光。莓苔、履痕、白云、沙渚、春草、门扉、细雨、松林、山路、流水，细微美景共同构造出清幽宁静的氛围，别有意趣。

"溪花与禅意，相对亦忘言"，尾联写溪花无心，但此刻似乎也有了禅意，虚实结合，相生相存，一片宁静中又多了几分空灵悠远的禅韵。联想到诗人此行是来寻访隐居的道士，那么真正存有禅意的当是诗人自己吧。寻人不得，无言静谧的环境不仅不让诗人无聊愁闷，反而让诗人更随心应物，尘垢全消，满眼所见都充满着自然之美。

背景

此诗是唐代诗人刘长卿在南溪游赏时所作。诗人虽然仕途上屡受磨难，但心性依然爽朗悠然。寻访友人不见，诗人将目光转向了眼前的方寸美景，描绘出一幅清新动人的山间画卷。

名家点评

〔明〕高棅："芳草闭闲门"，绝好绝好。结句空色俱了。（《批点唐诗正声》）

〔清〕屈复：题是"寻常道士"诗，只"见履痕"三字完题。余但写南溪自己一路得意忘言之妙，其见道士否不论，与王子猷何必见安道问意。（《唐诗成法》）

猿啼客散暮江头，人自伤心水自流

重送裴郎中贬吉州

唐·刘长卿

猿啼客散暮江头，人自伤心水自流。
同作逐臣君更远，青山万里一孤舟。

注释

裴郎中：诗人好友，郎中为官职。
吉州：地名，在今江西省吉安境内。
逐臣：被贬谪放逐的臣子。

简析

本诗开篇写景，"猿啼客散暮江头"，写日暮江畔旅人稀落，只闻得猿啼声声。猿啼凄厉，仿佛回应着离别之人悲伤的心境，景中含情，情景交融，奠定了全诗凄楚哀婉的氛围。"人自伤心水自流"，两个"自"字，貌似写无关之人和无关之水，但看似无情反是情意深重，伤心的情绪就好像是流淌不息的江水。诗人笔力精练，将别离与流水搭配出别样的意境，离别的悲伤也在流水中变得缠绵隽永。"同作逐臣君更远"，同是遭受贬谪之人，好友去往更偏远的地方。船已前行良久，诗人目送好友行船离开，送别的情意甚是深重。尾句"青山万里一孤舟"，青山连绵，以眼前有限的景物想象前方万里的远途，寥寥孤舟在其间分外孤独微渺，诗人的情意却不断延伸，意境含蓄悠远。

背景

这首诗是唐朝诗人刘长卿被贬谪后的伤怀之作。诗人仕途坎坷,两次被贬,此诗即作于第二次遭贬途中。看到好友与自己一样又要再次远行,诗人满心忧伤,写下此诗。

名家点评

〔明〕李攀龙:两"自"字,有情、无情之别,最佳。(《唐诗选》)

〔清〕宋宗元:同病相怜,情词恺切。(《网师园唐诗笺》)

张谓

张谓，字正言，河内（今河南沁阳市）人，唐朝诗人。其诗辞精意深，讲究格律，诗风清正，多饮宴送别之作。代表作有《早梅》等。

不知近水花先发，疑是经冬雪未销

早梅

唐·张谓

一树寒梅白玉条，迥临村路傍溪桥。
不知近水花先发，疑是经冬雪未销。

注释

迥（jiǒng）：远。

傍：靠近。

发：开放。

经冬：经过冬天。

销：通"消"，融化。这里指冰雪融化。

简析

　　这是一首咏梅诗，诗人并没有发一句议论和赞语，却将早梅的高洁品格清晰地刻画出来。

　　"一树寒梅白玉条"描写早梅花开的娇美姿色。"一树"即满树，形容花开之密集而缤纷。"白玉条"生动地写出梅花洁白娇美的姿韵，令人陶醉。"迥临村路傍溪桥"，从生长环境来表现早梅的高洁品格。"傍溪桥"，点明梅花生长在偏僻的傍溪近水的小桥边，独自悄悄地开放。这就赋予了早梅不竞逐尘世、不哗众取宠的高尚品格。

　　最后两句，抒发诗人初见桥边早梅的感受。"不知近水花先发"，诗人用惊叹的口吻表达了看到近水梅花早开的惊喜之情。"疑是经冬雪未销"，一个"疑"字，将诗人的惊喜之情渲染得淋漓尽致，诗人似乎并不敢相信自己所看到的是梅花，而怀疑是未融化的冬雪重压枝头。诗人的感受和发现既凸显了探索寻觅的惊喜，也烘托出早梅似玉如雪、凌寒独放的风姿。

名家点评

　　〔明〕钟惺：到作迟想，妙！妙！(《唐诗归》)

顾况

顾况（约727—约816），字逋翁，苏州海盐（今属浙江）人。至德进士，曾官著作郎。因嘲讽当朝权贵，被劾贬饶州司户参军，后隐居茅山，自号华阳山人。其诗诙谐狂放，不以华丽的文辞取胜，而更看重内容，诗作常反映当时社会矛盾。原有诗文集，已散佚，明人辑有《华阳集》。

月殿影开闻夜漏，水精帘卷近秋河

宫词

唐·顾况

玉楼天半起笙歌，风送宫嫔笑语和。
月殿影开闻夜漏，水精帘卷近秋河。

注释

玉楼：华丽的高楼，指宫嫔的居所。

天半：形容楼高。

宫嫔：指嫔妃。

和：伴随。

漏：古代滴水计时的工具。

水精帘：水晶帘。

秋河：秋天星夜的银河。

简析

这是一首借深宫宫怨暗讽朝廷昏庸腐败的叙事议论诗。

"玉楼天半起笙歌，风送宫嫔笑语和"，前两句描写受宠者的欢乐情景，百丈玉楼，笙歌四起，月光如水，和风习习，一阵阵欢声笑语随风四散。诗中用"天半"来形容楼高，还隐含了女主人公无缘得见圣颜内心的怨艾。

"月殿影开闻夜漏，水精帘卷近秋河"，后两句通过细节描写展示了失宠的宫妃们唯有与冷寂的滴漏声和帘外的秋日星河相依为伴的辛酸生活。"近秋河"意谓女主人公将水晶帘卷上以后，由于去掉了遮掩之物，原先隔帘相望的天河变得更加清晰明亮，暗指女主人公原先只是仰望玉楼，但由于心中失望、空虚和无奈，故而将视线从玉楼转移到秋河这一自然的动作。

全诗采用对比与反衬手法。玉楼中的笙歌笑语越发反衬出被冷落者的孤苦伶仃和幽怨哀婉之情，即使不明言怨情，而怨情早已显露。这首宫怨诗的优点在于含蓄蕴藉，引而不发，通过欢乐与冷寂、热闹与冷清的对比，从侧面展示了失宠宫女的痛苦心理。诗中以他人得宠的欢乐反衬女主人公失宠的凄寂，又以小代大，也用隐喻的手法从中道出了盛唐时期统治阶级的腐败以及堕落。

背景

唐宝历二年（826）顾况任秘书省校书郎。诗人有感于当时统治阶级的生活腐化堕落，写下了这首诗。

名家点评

〔明〕吴山民：前二句可欣可羡，后两句但写景而情具妙备。(《删补唐诗选脉笺释会通评林》)

〔清〕乔亿：此亦追忆华清旧事。(《大历诗略》)

严维

严维，字正文，越州（今绍兴）人，生卒年不详。中唐时期诗人、文学家。工诗，与岑参、刘长卿、皇甫冉、韩翃、李端等交游唱和。诗以送别赠酬居多。《新唐书·艺文志》著录《严维诗》一卷，《全唐诗》收其诗六十四首，辑为一卷。

日晚江南望江北，寒鸦飞尽水悠悠

丹阳送韦参军

唐·严维

丹阳郭里送行舟，一别心知两地秋。
日晚江南望江北，寒鸦飞尽水悠悠。

注释

丹阳：地名。唐天宝间以京口（今江苏镇江）为丹阳郡。
郭：古代在城外围环城而筑的一道城墙。
寒鸦：也叫慈乌，体型较小，背部为黑色。
悠悠：辽阔无际，遥远。

简析

这首赠别诗描绘送行的情形，抒发对友人的思念，情感真挚。

"丹阳郭里送行舟"交代送别的地点，丹阳城外送友人上船远行，与题目相呼应。"一别心知两地秋"，描述离别时的伤感，此地一别两地离愁，"秋"与"心"相合即为愁，诗人妙用拆字含蓄表达内心愁绪。"日晚江南望江北"，写夜幕已至，诗人遥望江面，"江南"与"江北"隔江相望，"望"字传神地刻画送别的依依不舍之情，更深层次地突出离愁。"寒鸦飞尽水悠悠"，末句借用"寒鸦"的意象，将寒鸦比作友人，寒鸦离去即为友人远去，"水悠悠"既指寒鸦归巢后的水面平静，又指离别后诗人内心泛起的波澜。

全诗融情于景，抒情含蓄，耐人寻味。

背景

此诗是诗人严维在长江南岸的丹阳（今江苏镇江）送友人渡江北上而作，季节当在秋天。

名家点评

〔明〕桂天祥：作诗妙处，正不在多道，如"日晚"二句，多少相思，都在此隐括内。(《批点唐诗正声》)

〔清〕吴烶：首一句完题面，后三句递生出一江之隔，故曰"两地"，曰"南""北"。"悠悠"则实写江水，送别之意渐深渐远，有味。(《唐诗选胜直解》)

〔清〕宋顾乐：只一"望"字见意，末句转入空际，却自佳。(《唐人万首绝句选评》)

戴叔伦

戴叔伦（约732—约789），字幼公（一作次公），润州金坛（今江苏常州）人。年轻时师事萧颖士，曾任新城令、东阳令、抚州刺史、容管经略使。其诗多表现隐逸生活和闲适情调，但《女耕田行》《屯田词》等篇也反映了人民生活的艰苦。论诗主张"诗家之景，如蓝田日暖，良玉生烟，可望而不可置于眉睫之前"。

行人无限秋风思，隔⬤水青山似故乡

题稚川山水

唐·戴叔伦

松下茅亭五月凉，汀沙云树晚苍苍。
行人无限秋风思，隔水青山似故乡。

注释

稚川：道家仙都。稚川原是晋代神仙方士家葛洪的号，死后人们以为成仙，后以此形容仙山。

茅亭：茅草亭子。

云树：近云的树木，形容树高。

苍苍：幽深茂密的样子。

秋风思：指西晋张翰的莼鲈之思。张翰一日见秋风起，想到故乡吴郡的菰菜、莼羹、鲈鱼脍，心生怀念，于是弃官回乡。

简析

全诗诗眼在一"思"字，诗人思乡情切，即使流连在美丽的山水间，也无法消解思乡的忧愁。

"松下茅亭五月凉，汀沙云树晚苍苍"，松树、茅亭、沙洲、高树几个意象，构成了清凉幽静的夏日风光，看似十分愉悦喜人。但第三句笔势一转，写行人忽起秋风之思，似乎与夏季矛盾。夏季怎会起秋风呢？原来是秋风下常有的思乡之情。思乡之情太过急切，不只是幻想出了秋风，还产生了"隔水青山似故乡"的错觉，笔法巧妙别致，乡愁悠远深长。

背景

诗歌具体写于何年尚待考证，从内容看，在仲夏暑热的五月，诗人宦游途中经日跋涉，向晚来到稚川，憩息于松下茅亭，思乡之情油然而生，于是写下了这首诗。

名家点评

〔当代〕周啸天：此诗的妙处不在于它写出一种较为普遍的思想感情，而在于它写出了这种思想感情独特的发生过程，从而传达出一种特殊的生活况味，耐人含咏。（《唐诗鉴赏辞典》）

张志和

张志和（732—约774），字子同，初名龟龄，号玄真子。十六岁明经及第，先后任翰林待诏、左金吾卫录事参军、南浦县尉等职。后有感于宦海风波和人生无常，弃官弃家，浪迹江湖。他是唐代最早填词并有较大影响的词人之一，其代表作《渔父词》，词调与意境完全相符，再衬之以美好的自然山水，境高韵远，因此广为传诵。

西塞山前白鹭飞，桃花流水鳜鱼肥

渔歌子

唐·张志和

西塞山前白鹭飞，桃花流水鳜鱼肥。
青箬笠，绿蓑衣，斜风细雨不须归。

注释

渔歌子：原为曲调名，后变为词牌名，以此词为正体。
西塞山：山名。在长江南岸，今湖北省黄石市境内。
箬笠：防雨用具，用箬竹叶及篾编成的宽边帽。
蓑衣：用草或棕麻编织成的雨衣。

简析

"西塞山前白鹭飞，桃花流水鳜鱼肥"，这首词的前两句勾勒出一幅江南风景长卷。青山、白鹭、桃花、流水、鳜鱼，意象的排列组合既贴近生活，又活泼别致，给人以赏心悦目的体验。"飞"与"肥"二字为白鹭和鳜鱼增加了动感和活力。

"青箬笠，绿蓑衣，斜风细雨不须归"，此三句描写渔父捕鱼的情态，他身披蓑衣，头戴箬笠，青绿相映，在丝丝细雨中悠然前行，与富有诗情画意的大自然完全融合在一起，令人神往。

这首词构思巧妙，意境优美，语言生动，格调清新，寄情于景，显现出一种出淤泥而不染的清纯和淡泊，成为一首千古流传、脍炙人口的词作。

背景

唐代宗大历七年（772）九月，颜真卿任湖州刺史，次年到任。张志和驾舟往谒，时值暮春，桃花水涨，鳜鱼水美，他们即兴唱和，张志和首唱，作词五首，这首词是其中之一。

名家点评

〔清〕黄苏：数句只写渔家之自乐其乐，无风波之患。对面已有不能自由者已。隐跃言外，蕴含不露，笔墨入化，超然尘埃之外。（《蓼园词评》）

〔近代〕俞陛云：此词亦托想之语，初非躬历。然观其每首结句，君子固穷，达人知命，襟怀之超逸可知。"桃花流水"句，犹世所传诵。（《唐五代两宋词选释》）

韦应物

韦应物（737—792），长安（今陕西西安）人。因出任过苏州刺史，世称"韦苏州"。诗风恬淡高远，以善于写景和描写隐逸生活著称。

浮云一别后，流水十年间

淮上喜会梁州故人
唐·韦应物

江汉曾为客，相逢每醉还。
浮云一别后，流水十年间。
欢笑情如旧，萧疏鬓已斑。
何因北归去，淮上对秋山。

注释

梁州：唐州名，在今陕西汉中市南郑区东。

流水：喻岁月如流水，又暗合江汉。

萧疏：稀疏。

斑：头发花白。

简析

此诗写作者在淮水边与阔别十年的老朋友重逢，抒发了诗人对岁月如流水、世事变化无常的感慨。

"江汉曾为客，相逢每醉还"，首联实写客居江汉的过往，在以往的聚会中，诗人经常与故人醉酒而归，曾经的畅意光景令人留恋，流露出诗人对流年往事的无尽追忆和怀念。"浮云一别后，流水十年间"，颔联直抒胸臆，表达了对韶华易逝、时光不再的惋惜。

"欢笑情如旧，萧疏鬓已斑"，虽然彼此的友情如故，但奈何岁月不饶人，斑白的双鬓留下岁月的痕迹。"何因北归去，淮上对秋山"，尾联点出不与友人同归乡的原因，这里风景如画，不胜迷醉。

背景

诗人在淮上（今江苏淮阴一带）遇见了十年前在梁州江汉一带有过交往的故人，故有感而发此作。

名家点评

〔明〕谢榛：此篇多用虚字，辞达有味。(《四溟诗话》)

〔明〕施重光：情景婉至（"浮云"二句下），结意佳。(《唐诗近体》)

〔清〕孙洙：一气旋折，八句如一句。(《唐诗三百首》)

张籍

张籍（约766—约830），字文昌，和州乌江（今安徽和县乌江镇）人，唐代诗人，世称"张水部""张司业"。他是中唐时期新乐府运动的积极支持者和推动者，其乐府诗颇多反映当时社会现实之作，表现了对人民的同情。其诗作的特点是语言凝练而平易自然，和当时的王建齐名，世称"张王"。

凤林关里水东流，白草黄榆六十秋

凉州词三首（其三）
唐·张籍

凤林关里水东流，白草黄榆六十秋。
边将皆承主恩泽，无人解道取凉州。

注释

凉州词：盛唐时流行的一种曲调名，主旨为边关之事。

凤林关：西北重要关隘，是汉代以来往来西域的必经要道之一。"安史之乱"后，此关成为唐蕃交界。

黄榆：树名，为西北边关常见植物。

六十秋：六十年。指吐蕃侵占边境已长达六十年。

解道：懂得、知道。

凉州：地名，西北重镇，在今甘肃省武威市。

简析

诗句前两句由边塞景观引出主题，后两句直抒胸臆，批评现实。

"凤林关里水东流，白草黄榆六十秋"，前两句写景，点明边城被吐蕃占领的时间之久，以及景象的荒凉萧瑟。诗人既用"白草黄榆"从空间广度来写凤林关的荒凉，又用具体数字"六十秋"从时间深度来突出凤林关灾难的深重。

"边将皆承主恩泽，无人解道取凉州"，后两句写边将责任的重大。"皆承主恩泽"，说明了边将肩负着朝廷的使命、享受着国家的厚禄、担负着人民的众望，守卫边境、收复失地是他们的天职。后一句直指原因：守边的将领无人提起收复凉州。边将享受着国家优厚的待遇，却不去尽职守边、收复失地，可见其饱食终日、腐败无能。这两句一扬一抑，对比鲜明，有力地谴责了边将忘恩负义，长期失职，实在令人可憎可恨，可悲可叹。

背景

安史之乱以后，唐朝国力衰颓，吐蕃对大唐边关肆意侵占，占据了凉州等几十个州镇。而边塞的将领无心交战，只想厚禄安居。在这样的社会现实下，诗人痛心不已，写下了《凉州词三首》。此诗为其中的第三首。

名家点评

〔清〕黄叔灿：此篇言边将安坐居奇，不以立功报主为念，自开元中，王君㚟等先后突吐蕃取凉州，后复陷吐蕃，经今已六十年，边将空邀主恩，无人出力。言之深切著明。（《唐诗笺注》）

〔近代〕俞陛云：诗言凉州失陷已六十年矣，而诸将坐拥高牙，都忘敌忾。少陵诗"独使至尊忧社稷，诸君何以答升平"，与文昌有同慨也。（《诗境浅说续编》）

白居易

白居易（772—846），字乐天，号香山居士，又号醉吟先生，原籍山西太原，生于河南新郑，有"诗魔""诗王"之称。白居易与元稹共同倡导新乐府运动，世称"元白"，与刘禹锡并称"刘白"。白居易的诗歌题材广泛，形式多样，语言平易通俗，代表诗作有《长恨歌》《琵琶行》《卖炭翁》等。

水南秋一半，风景未萧条

和令公问刘宾客归来称意无之作
唐·白居易

水南秋一半，风景未萧条。
皂盖回沙苑，篮舆上洛桥。
闲尝黄菊酒，醉唱紫芝谣。
称意那劳问，请钱不早朝。

注释

水南：指洛水之南。

萧条：寂寞冷落，凋零。

皂盖：古代官员所用的黑色篷伞。

篮舆：指竹轿。

紫芝谣：泛指隐逸避世之歌。

简析

"水南秋一半，风景未萧条"，开篇气势宏大，描写了尚未萧条零落的绚丽秋景。在这种景象之中，诗人乘坐竹轿，出门游览。"闲尝黄菊酒，醉唱紫芝谣"，诗人畅饮清香淡雅的黄菊酒，醉意醺然地唱起了紫芝谣。诗人内心向往归于山间的淡泊宁静，因此，他在尾联中写下"称意那劳问，请钱不早朝"，表达了对富贵荣华的轻视和对顺心而为的洒脱自在的追求。

背景

本诗是访友归来后的应答之作，记叙了席间情景，也抒发了诗人心中向往田园生活的感情。

湖上春来似画图，乱峰围绕水平铺

春题湖上

唐·白居易

湖上春来似画图，乱峰围绕水平铺。

松排山面千重翠，月点波心一颗珠。

碧毯线头抽早稻，青罗裙带展新蒲。

未能抛得杭州去，一半勾留是此湖。

注释

乱峰：参差不齐的山峰。

波心：水波中心，指水面中央的位置。

碧毯：碧绿的毯子，诗人以此比喻铺满田野的绿色作物。

新蒲：新生长出的蒲草。

勾留：逗留、挽留。

简析

西湖美景惹人醉，古往今来不少文人骚客都在此久久驻足，不忍离去。这首诗主要描绘西湖春景。

"湖上春来似画图，乱峰围绕水平铺"，首联写西湖春日的风光像是一幅美丽的画卷，周遭丛山环绕，一潭湖水安处其间。"松排山面千重翠，月点波心一颗珠"，写山间多植松树，一排一排整齐地列在山坡上，像是几千层绿色叠加在一起，翠色欲滴，可见春日之明媚。而明月升起之后，水面波纹荡漾，在水波的中央映照出一颗璀璨的珍珠，生动雅致，月之光彩尽显其中。

除了山水风光，诗人也不忘观察春日的农事。"碧毯线头抽早稻，青罗裙带展新蒲"，遍野的绿色是田间的稻苗，像铺上了绿色的毯子，而早稻的抽穗像是毯子上的线头一般，引人注目。新长的蒲草围绕着湖水，像是一条青色的丝带，充满自然意趣。置身这样的美景之中，诗人不禁感慨："未能抛得杭州去，一半勾留是此湖。"诗人自言离不开杭州，有一半是因为这美丽的西湖。西湖风光挽留着诗人离去的脚步，不舍之情尽在其中。

背景

本诗作于长庆四年（824）春，白居易即将离开杭州时。白居易此前担任杭州刺史，任职期满，对杭州的风土人情恋恋不舍，从而写下此诗，表达了对杭州美景的喜爱和依恋。

名家点评

〔清〕王尧衢：以"湖"字起结，奇极。"一半勾留"，湖未尝留人，而人自不能抛舍，兴之所适也；然亦只得"一半"，那一半当别有瞻恋君国去处，若说全被勾留，岂不是个游春郎君，不是白傅口中语矣。（《古唐诗合解》）

汴水流，泗水流，流到瓜州古渡头

长相思·汴水流

唐·白居易

汴水流，泗水流，流到瓜州古渡头。吴山点点愁。
思悠悠，恨悠悠，恨到归时方始休。月明人倚楼。

注释

长相思：为乐府旧题，唐代教坊曲名。

汴水：古水名，流经河南、江苏等地。

泗水：水名，源于山东曲阜，经徐州后，与汴水合流入淮河。

瓜州：古代瓜州为重要交通渡口，在今江苏省扬州市内。

吴山：吴山在浙江杭州市，因曾为吴国西境而得名。

简析

这是一首关于相思的小词。古时诗人描写相思，既有"长相思，摧心肝"的直白凄怆，也有"思悠悠，恨悠悠"的含蓄绵长。

上片"汴水流，泗水流"，内含隐喻，诗人以水述情，水流悠悠，从这条河上离家的人不只千万，可想瓜州、吴山见证了多少离愁别绪。"点点愁"，将普遍的离愁具象化，像是一人一点，汇聚成了汴水和泗水奔涌河水般的离别伤情。

下片"思悠悠，恨悠悠"，思恨交加，愁怨入骨，尾句"月明人倚楼"，词句乍然而至，情感却无限延长。"汴水流，泗水流"与"思悠悠，恨悠悠"，采用叠韵手法，使情感层层加深，读之缠绵悱恻，留下余味不尽。

背景

这首词是白居易以乐府旧曲名为题创作的新词。词作讲述思妇的闺阁幽怨，曲调优美和谐，情意绵长悠远。

名家点评

〔近代〕俞陛云：此词若"晴空冰柱"，通体虚明，不着迹象，而含情无际。由汴而泗而江，心逐流波，愈行愈远，直到天末吴山，仍是愁痕点点，凌虚着想，音调复动宕入古。第四句用一"愁"字，而前三句皆化"愁"痕，否则汴泗交流，与人何涉耶！结句盼归时之人月同圆，昔日愁眼中山色江光，皆入倚楼一笑矣。（《唐五代两宋词选释》）

日出江花红胜火，春来江水绿如蓝

忆江南三首（其一）

唐·白居易

江南好，风景旧曾谙。日出江花红胜火，春来江水绿如蓝。能不忆江南？

注释

忆江南：唐教坊曲名。

谙：熟悉。作者年轻时曾三次到过江南。

简析

《忆江南三首》是唐代诗人白居易的组词作品，本诗为第一首词，描写诗人对江南春景的追忆，情感深切真挚。读来朗朗上口，是一首妇孺皆知的词作。

首句言简意赅，"江南好"三字直言对江南的喜爱，开篇即奠定了全词的情感基调。"风景旧曾谙"，点明诗人曾经亲自游历江南风光，因而首句所说的江南好有据可依，同时为下文描写江南胜景埋下伏笔。"日出江花红胜火，春来江水绿如蓝"，这两句是对江南景象的细致描绘，"红胜火"与"绿如蓝"比喻贴切，通过直观鲜明的颜色类比和反差给江花和江水着色，使之相互映衬和烘染，更加突出江花之红和江水之绿。"能不忆江南？"末句巧用反问，表达出诗人对江南自然风景的赞颂和称道。

背景

　　白居易曾经担任杭州刺史，在杭州两年，后来又担任苏州刺史，任期也一年有余。在他的青年时期，曾漫游江南，旅居苏杭，故此江南在他的心目中留有深刻印象。此词当作于他因病卸任苏州刺史，回到洛阳之后。

名家点评

　　〔明〕杨慎：《望江南》，即唐法曲《献仙音》也。但法曲凡三叠，《望江南》止两叠尔。白乐天改法曲为《忆江南》。其词曰："江南好，风景旧曾谙。"二叠云："江南忆，最忆是杭州。"三叠云："江南忆，其次忆吴宫。"见乐府。(《词品》)

　　〔明〕沈际飞：较宋词自然有身分，不知其故。(《草堂诗余别集》)

黑水澄时潭底出，白云破处洞门开

送王十八归山寄题仙游寺

唐·白居易

曾于太白峰前住，数到仙游寺里来。
黑水澄时潭底出，白云破处洞门开。
林间暖酒烧红叶，石上题诗扫绿苔。
惆怅旧游那复到，菊花时节羡君回。

注释

王十八：即王质夫，诗人白居易的好友，隐居于仙游寺。

太白峰：太白山，为秦岭主峰，在今陕西太白县东南。

黑水：仙游寺附近有潭，水呈黑色。

简析

这首诗是诗人送别朋友时所作。开篇回忆与友人几度交游，并描写了仙游寺的清幽景色，"黑水""白云"对仗工整，颜色对比清丽，"出"和"开"的动态描写非独写景，更暗喻其时心境的开阔疏朗，使人颇有身临其境之感。白居易的诗向来简单直白，通俗易懂，不用生僻之词，却能对情与景做出极为准确的描写。"林间""石上"二句，诗人描绘了与友人在寺中居住时的生活状态。以林间红叶暖酒，扫石上绿苔而题诗，不仅高雅闲适，更有野逸之趣。如此，也难怪诗人要感叹"惆怅旧游那复到"了，自己为尘世所羁，只能在深秋时节送友人归去。离别的伤感和向往隐逸而不能至的羡慕之情，使诗人的心情格外复杂。

全诗语言清丽，情致幽远，并不言明送别之意，仅在结尾以"羡君回"三字，既抒发个人情感，又点明送归主题，一气呵成，圆融流畅。

背景

本诗作于元和四年（809），作者时在长安，送友人王质夫归山，此为送别时所作。

名家点评

〔清〕金圣叹：送人诗，只末句三字略带，其外通首纯是寄

题。此法他人亦曾有之，然定觉还有意致，还有风格，此则不过直直眼见之几笔也。(《贯华堂选批唐才子诗》)

〔近代〕俞陛云：暖酒题诗，韵事也。暖酒而在林翠之中，题诗而在岩石之上，逸趣也。更以红叶绿苔妆点之，雅事与丽句兼矣。(《诗境浅说》)

一道残阳铺水中，半江瑟瑟半江红

暮江吟
唐·白居易

一道残阳铺水中，半江瑟瑟半江红。
可怜九月初三夜，露似真珠月似弓。

注释
瑟瑟：碧绿的颜色。
可怜：可爱。
真珠：珍珠。

简析
此诗为白居易"杂律诗"中的一首，生动形象地描述了傍晚至夜半的景色变化，透露出诗人愉悦豁达的心境。

"一道残阳铺水中"，诗句开篇写傍晚之景，残阳余晖未尽，在江面投射出一道绚丽的光影，像是夕阳铺在水面上。"半江瑟瑟半江红"，在夕阳的映照下，水面呈现出了奇特的景象，一半江水被日暮余光染成红色，另一半则是江水清透的澄绿色，两色交加，景色秀丽多姿。

"可怜九月初三夜"，点明时间到了夜晚，诗人直呼夜色美丽可爱，正是因为"露似真珠月似弓"。露水清澈闪烁，像是珍珠发散出优雅的光辉，上弦月挂在天上，弯弯的形状像是弓弩一般。比喻生动形象，展现出不同时段景色的美感，也隐约透露出诗人愉悦的心理状态。

全诗通过对"露水"和"弯月"的描写，营造出一种宁静安详的氛围，其比喻之精确、形象，令人叹绝。

背景

本诗为长庆元年（821）秋，白居易游长安曲江时所作。

名家点评

〔明〕杨慎：诗有丰韵。言"残阳铺水"，半江之碧，如"瑟瑟"之色；"半江红"，日所映也。可谓工微入画。（《升庵诗话》）

灯火万家城四畔，星河一道水中央

江楼夕望招客

唐·白居易

海天东望夕茫茫，山势川形阔复长。
灯火万家城四畔，星河一道水中央。

风吹古木晴天雨，月照平沙夏夜霜。

能就江楼消暑否？比君茅舍较清凉。

注释

招客：招呼友人。

四畔：四方、四边。

平沙：轻薄的沙地。

消暑：消夏，解热。

简析

"海天东望夕茫茫，山势川形阔复长"，首句点出"夕""望"二字。站在高楼远望，江楼东侧的钱塘江浪潮奔涌，视野尽头海天相接，映照着夕阳的余光，开阔壮丽。江水两岸山川形势随江而变，宽阔绵延，呈现出伟岸磅礴的气派。"灯火万家城四畔，星河一道水中央"，望向城内，四方城内千家万户灯火通明，四方城外江水奔流，澄澈的水映出了天上的星辰，像是星河沉落在水中央，光彩炫目，瑰丽至极。

"风吹古木晴天雨，月照平沙夏夜霜"，夏夜在江楼上闲坐，清凉的微风吹拂，楼边古树的树叶沙沙作响，像是晴天里下起了清爽的雨。月光透亮，照在白色的沙滩上像是夏夜里结出了寒霜，视觉上、听觉上都给人以"凉"的感受。"能就江楼消暑否？比君茅舍较清凉"，尾联诗人发出真挚的邀请，江楼夏夜清凉，完全胜过闷热的茅舍，质朴清新，凉意沁人。

全诗境界阔大，结构浑成，无一句语意不从容，无一字音节不响亮。

背景

　　此诗约作于长庆三年（823），其时白居易为杭州刺史。诗人在江楼远眺，开阔的景色和清凉的夏夜给诗人带来了莫大享受，因此写下此诗，邀请好友一同游赏。

名家点评

　　〔清〕方东树：起点叙。次句中联皆夕望中景。"招客"收。姚先生摘末句云："俚俗不可耐。"愚谓此尚无妨，清切有真趣，较《夜归》末句富贵气象为优。（《昭昧詹言》）

刘禹锡

刘禹锡（772—842），字梦得，河南洛阳人，有"诗豪"之称。刘禹锡诗文俱佳，涉猎题材广泛，与柳宗元并称"刘柳"，与韦应物、白居易合称"三杰"，与白居易合称"刘白"。其诗大多自然流畅、简练爽利，有《陋室铭》《竹枝词》《乌衣巷》等名篇传世。

洛水桥边春日斜，碧流清浅见琼砂

浪淘沙九首（其二）

唐·刘禹锡

洛水桥边春日斜，碧流清浅见琼砂。
无端陌上狂风疾，惊起鸳鸯出浪花。

注释

浪淘沙：教坊曲，诗人以此为题作组诗。
洛水桥：洛水上的桥，应在洛阳城内。
琼砂：美玉般的沙砾。
陌上：田间。

简析

这是一首清新别致的写景小诗。首句"洛水桥边春日斜"，"斜"字生动形象地描绘了落日的形态。"碧流清浅见琼砂"，写水波清漾，可以看到水底的沙石，光彩斑斓，像是琼玉一般美丽。春日、碧流、琼砂共同铺陈出清新优美的静谧景色。

三四句笔锋一转，诗人忽写动景，"无端陌上狂风疾，惊起鸳鸯出浪花"，忽地田间狂风大作，惊吓到了在水面安然栖息的鸳鸯，扑腾出一阵浪花。质朴自然中又多了几分活泼有趣，字里行间透露出诗人轻松愉悦的情绪。

背景

此诗为《浪淘沙》组诗中的一首，为刘禹锡后期的作品。诗中提及洛水，当是诗人在洛阳时所作。

名家点评

〔明〕李攀龙、叶羲昂：触景含情，幽恨难写，人情只在口头。(《唐诗直解》)

〔清〕吴昌祺：唐汝询曰：妇人临水望夫，而以浪之淘沙起兴；言日斜而不至，则不如飞燕之有情也。(《删订唐诗解》)

〔近代〕刘永济：《浪淘沙词》，始于白居易、刘禹锡，大抵描写风沙推移，以见人世变迁无定，或则托意男女恩怨之词。(《唐人绝句精华》)

杨柳青青江水平，闻郎江上踏歌声

竹枝词二首（其一）

唐·刘禹锡

杨柳青青江水平，闻郎江上踏歌声。
东边日出西边雨，道是无晴却有晴。

注释

竹枝词：原为四川东部一带民歌，刘禹锡根据民歌创作新词，多写男女爱情和三峡的风情，流传甚广。后代诗人多以《竹枝词》为题写爱情和乡土风俗，其形式为七言绝句。

晴：与"情"谐音。

简析

这首诗是刘禹锡组诗《竹枝词二首》其一，句句含情脉脉，极写少女情窦初开的羞涩和隐隐担忧，以双关手法收束全文，意趣丰富。

首句"杨柳青青江水平"运用起兴手法，描绘春意胜景，岸上"杨柳青青"而江水平静，勾勒一幅春江美景。"闻郎江上踏歌声"承接上句，妙龄少女踏青忽然听到江上男子歌声，"踏"字形象写出歌声从江上传来，在安静的环境中更加凸显。前两句一静一动，静景衬托歌声，烘托出一种和谐惬意的氛围。

"东边日出西边雨，道是无晴却有晴"，后两句巧用谐音："晴"与"情"谐音，"东边日出"意寓天晴而"西边雨"意为天阴，看似说天气实则叙情，一语双关，含蓄表露男女情爱，内涵丰富，耐人寻味。

背景

刘禹锡于唐穆宗长庆二年（822）正月至长庆四年（824）夏在夔州任刺史，作《竹枝词》十一首。

名家点评

〔清〕黄叔灿："道是无晴却有晴"，与"只应同楚水，长短入淮流"，同一敏妙。（《唐诗笺注》）

〔近代〕俞陛云：此首起二句，则以风韵摇曳见长。后二句言东西晴雨不同，以"晴"字借作"情"字，无情而有情，言郎踏歌之情费人猜想。双关巧语，妙手偶得之。（《诗境浅说》）

遥望洞庭山水翠，白银盘里一青螺

望洞庭

唐·刘禹锡

湖光秋月两相和，潭面无风镜未磨。
遥望洞庭山水翠，白银盘里一青螺。

注释

相和：相配、相融，这里指水色与月光融为一体。

潭面：湖面。

镜未磨：古代镜子为铜镜，需打磨光亮才能照人。

青螺：诗中指君山。

简析

这是一首咏叹月夜湖光山色的写景诗，情致清奇，诗风秀丽，兼得美景与雅趣。

开篇"湖光秋月两相和"，写夜晚时分湖面波澜微起，水波荡漾闪动着银光，与天上的明月相交融，安详静谧，充满和谐之美。"潭面无风镜未磨"，此句写静景，无风的时候，水面平稳，像是还没有打磨好的镜子，朦胧缥缈。一动一静，洞庭的两种风貌纳入眼底，生机勃勃，相得益彰。

"遥望洞庭山水翠"，诗人向远处看去，洞庭湖山水相依，翠色喜人，赏心悦目。"白银盘里一青螺"，洞庭湖中青翠的君山，就像放在白银盘中的一枚青螺。诗人以"白银盘"比湖水，以"青螺"比山之倒影，不直接写山水美景，而另辟蹊径写山水之影，清新脱俗。

全诗虽无绮丽的辞藻，但将洞庭之景写得富有诗情画意，给人以美的享受。

背景

唐永贞元年（805）秋天，刘禹锡被贬为朗州司马。赴任途中，经过洞庭湖，写下此诗。

渡头轻雨洒寒梅，云际溶溶雪水来

松滋渡望峡中

唐·刘禹锡

渡头轻雨洒寒梅，云际溶溶雪水来。
梦渚草长迷楚望，夷陵土黑有秦灰。
巴人泪应猿声落，蜀客船从鸟道回。
十二碧峰何处所，永安宫外是荒台。

注释

　　松滋渡：长江渡口，在今湖北松滋西北。

　　溶溶：水流动的样子。

　　雪水：指江水。长江上游多高山，夏日积雪消融入江，故云。

　　梦渚：云梦泽中的小洲。

　　楚望：指楚国山川。

　　夷陵：楚国先王陵墓名，后作县名，在今湖北宜昌境内。

　　秦灰：秦军焚烧夷陵的灰烬。

　　巴人：巴地之人。巴，古国名，在今四川东部。

　　蜀客：蜀地之客。蜀，指四川。

　　鸟道：指人迹兽迹不到只有鸟能飞到的地方。

　　十二碧峰：指巫山十二峰，神女峰即其中之一。

　　永安宫：在白帝城内，为刘备托孤之所。

简析

　　这是一首写景兼怀古的诗。

"渡头轻雨洒寒梅"，先写松滋渡头的景色。细雨霏霏，洒落在寒梅之上，虽然美但不免使人产生凄迷之感，给全诗笼上了一层迷惘的气氛。"云际溶溶雪水来"，积雪消融，雪水从云间奔涌而来。"梦渚草长迷楚望，夷陵土黑有秦灰"，缅怀秦楚旧事，并写所见陆上之景。"楚望"，扣紧诗题"望"字，写小洲上青草生长繁茂，模糊了诗人的视线。诗人在此并不仅仅是追叙史事，而且以山川为见证，抒发了对历史兴亡的无限感慨。"巴人泪应猿声落，蜀客船从鸟道回"，写巴蜀道路之幽险，旅客之哀愁。"十二碧峰何处所，永安宫外是荒台"，以写景句作结，其实是对前途的展望，蕴含深刻。

全诗紧扣一个"望"字，从写景入手，由景生情，抒发了诗人的感慨，取得了情景交融的艺术效果。

背景

刘禹锡从唐顺宗永贞元年（805）贬连州刺史出京，到宝历二年（826）冬应召还京，共计二十二年。其间曾担任朗州（今湖南常德）司马、夔州（今四川奉节）刺史。多次往返均经松滋渡。这首诗应是长庆元年（821）冬末春初赴夔州仕途中所写。

名家点评

〔明〕顾璘：此篇尚存中唐气调。（《批点唐音》）

〔明〕胡以梅：通篇典丽工切，洵是名家之作。（《唐诗贯珠》）

〔清〕屈复：一、二松滋渡，又点时。中四望峡中景物。"秦灰"，借《史记》白起烧夷陵，实暗用劫灭事，言沧桑多变也。七、八既见神女荒唐，又吊先主之遗踪，遥应"秦灰"句也。（《唐诗成法》）

柳宗元

柳宗元（773—819），字子厚，河东（现山西运城永济一带）人，"唐宋八大家"之一。其诗题材广泛，体裁多样。叙事诗文笔质朴，描写生动；寓言诗形象鲜明，寓意深刻；抒情诗更善于用清新峻爽的文笔，委婉深曲地抒写自己的心情。不论何种体裁，都写得精工密致，韵味深长。

惊风乱飐芙蓉水，密雨斜侵薜荔墙

登柳州城楼寄漳汀封连四州

唐·柳宗元

城上高楼接大荒，海天愁思正茫茫。
惊风乱飐芙蓉水，密雨斜侵薜荔墙。
岭树重遮千里目，江流曲似九回肠。
共来百越文身地，犹自音书滞一乡。

注释

乱飐（zhǎn）：吹动。
薜荔：一种蔓生植物，也称木莲。

千里目：这里指远眺的视线。

江：指柳江。

九回肠：愁肠九转，形容愁绪缠结难解。

共来：指诗人和韩泰、韩华、陈谏、刘禹锡四人同时被贬远方。

百越：泛指五岭以南的少数民族。

犹自：仍然是。

滞：阻隔。

简析

全诗先从"登柳州城楼"写起。首句"城上高楼"，于"楼"前着一"高"字，立身愈高，所见愈远。登高为的是要遥望战友们的贬所，抒发难以明言的积愫。"海天愁思正茫茫"一句，即由此喷涌而出，展现于诗人眼前的是辽阔而荒凉的空间，望到极处，海天相连。而自己的茫茫"愁思"，也就充溢于辽阔无边的空间了。"惊风乱飐芙蓉水，密雨斜侵薜荔墙"，狂风大作惊动"芙蓉水"，倾盆大雨拍打"薜荔墙"，此联寓情于景，诗人寄予芙蓉和薜荔以万千愁思，烘托了对故友的思念。

"岭树重遮千里目，江流曲似九回肠"，同写遥望，俯仰之间，却视野各异。仰观则重岭密林、遮断千里之目；俯察则江流曲折，有似九回之肠。景中寓情，愁思无限。"共来百越文身地，犹自音书滞一乡"，尾联写四人同被贬谪远方，身处荒芜之地，纵然有心交游，音书往来也困难重重。

背景

此诗当是唐宪宗元和十年（815）秋天在柳州所作。

名家点评

〔宋〕廖文炳：此子厚登城楼怀四人而作，首言登楼远望，海阔连天，愁思与之弥漫，不可纪极也。三四句唯"惊风"，故云"乱飐"，唯"密雨"，故云"斜侵"，有风雨萧条，触物兴怀意。至"岭树重遮""江流曲转"，益重相思之感矣。当时"共来百越"，意谓易于相见，今反音问疏隔，将何以慰所思哉？(《唐诗鼓吹注解》)

〔清〕查慎行：(首二句)起势极高，与少陵"花近高楼"两句同一手法。(《初白庵诗评》)

〔清〕沈德潜：从高楼起，有百感交集之感惊风、密雨，言在此而意不在此。(《唐诗别裁》)

许浑

许浑（约791—约858），唐代诗人，润州丹阳（今江苏丹阳）人。晚唐最具影响力的诗人之一。许浑以登临怀古见长。追抚山河陈迹，俯仰古今兴废，颇有苍凉悲慨之致。其宦游、寄酬、伤逝诸作，亦时有佳句。

影摇金涧水，香染玉潭风

南海使院对菊怀丁卯别墅

唐·许浑

何处曾移菊，溪桥鹤岭东。
篱疏还有艳，园小亦无丛。
日晚秋烟里，星繁晓露中。
影摇金涧水，香染玉潭风。
罢酒惭陶令，题诗答谢公。
朝来数花发，身在尉佗宫。

注释

丁卯别墅：许浑在丹阳城南丁卯桥的隐居之所。

鹤岭：即鹤山，在今广东省南部。

谢公：指南朝刘宋时期著名诗人谢灵运，性情高洁，喜爱写山水诗。

尉佗宫：南越王尉佗所居住的宫殿。

简析

许浑在晚唐诗坛衰飒、枯寂的气氛中，属于诗格比较雄健清新的诗人。这首诗的前四句写唐代的岭南尚没有得到开发，是边远蛮荒之地。诗人远在岭南的蛮荒之地，看到了盛开的菊花，不由得生发出对自己丁卯别墅的怀念。

"日晚秋烟里，星繁晓露中"，由于身处偏僻之地，诗人眼里的菊花也是稀疏寥落，在秋烟和晓露中显得单薄、清冷，令人怜惜。"罢酒惭陶令，题诗答谢公"，诗人联想起陶渊明、谢灵运这样的名士、诗人，为自己仍为世事忙碌奔波而未能自适性灵表示惭愧。这首诗中，菊花、名士和诗人的形象相互映衬，抒发了诗人内心向往高洁、欣羡隐逸之感。

背景

这首诗是诗人在岭南幕府时所作。

名家点评

〔宋〕刘克庄：其诗如天孙之织，巧匠之斫，尤善用古事以发新意。(《后村诗话》)

杜牧

杜牧（803—约852），字牧之，号樊川居士，京兆万年（今陕西西安）人。杜牧因晚年居长安南樊川别墅，故后世称"杜樊川"。杜牧的诗歌以七言绝句著称，内容以咏史抒怀为主，其诗英发俊爽，多切经世之物，在晚唐成就颇高。杜牧人称"小杜"，以别于"大杜"杜甫，与李商隐并称"小李杜"。

千里莺啼绿映红，水村山郭酒旗风

江南春
唐·杜牧

千里莺啼绿映红，水村山郭酒旗风。
南朝四百八十寺，多少楼台烟雨中。

注释

郭：指城镇。

酒旗：一种挂在门前以作为酒店标志的酒帘。

南朝：先后与北朝对峙的宋、齐、梁、陈政权。

楼台：指寺院建筑。

烟雨：细雨蒙蒙，如烟如雾。

简析

"千里莺啼绿映红，水村山郭酒旗风"，首句写近景，江南千里皆是黄莺鸣叫，朵朵红花与棵棵绿树互相映衬。第二句描远景，诗人眺望远方能够看见傍水的村庄与依山的城郭中升起的迎风招展的酒旗。远近相应，自然与人文之景融合，短短十四个字就将江南春景萌动之意跃然于笔纸之间。

"南朝四百八十寺，多少楼台烟雨中"，后两句之景就更广阔了，诗人的目光望向更遥远的古寺楼台，皆沐浴于微微春雨之中，描绘出一种虚虚实实的迷蒙之景，艺术张力恰到好处。

综合全诗来看，红绿的色彩搭配，声声入耳的莺啼与迷蒙春雨的虚实搭配加上远近之景的层次感，使读者闭上眼睛就能想象出江南春天的美景。

背景

这是一首素负盛誉的写景诗。小小的篇幅，描绘了广阔的画面。既是咏史怀古，也是对唐王朝统治者委婉的劝诫。

名家点评

〔清〕何焯：缀以"烟雨"二字，便见春景，古人功夫细密。(《唐三体诗评》)

〔清〕周咏棠：字字着色画。此种风调，樊川所独擅。(《唐贤小三昧集续集》)

〔清〕宋宗元：江南春景，描写莫尽，能以简括，胜人多许。(《网师园唐诗笺》)

青山隐隐水迢迢，秋尽江南草未凋

寄扬州韩绰判官

唐·杜牧

青山隐隐水迢迢，秋尽江南草未凋。
二十四桥明月夜，玉人何处教吹箫？

注释

韩绰：事不详，杜牧另有《哭韩绰》诗。

判官：观察使、节度使的属官。

玉人：貌美之人。这里是杜牧对韩绰的戏称。

简析

首句从扬州山水着墨，"青山隐隐水迢迢"妙用叠词，描绘了江南水乡婉约秀丽的自然风光。"秋尽江南草未凋"，江南虽已深秋，但依然青草葱郁，流露出诗人对扬州仕途生活的怀念。"二十四桥明月夜"，以典故入诗，古时扬州二十四位美人在桥上吹箫，故而称为二十四桥。明月高悬，溪水潺潺，风景无限。"玉人何处教吹箫"，以问句结尾，余韵悠长，既为调侃友人韩绰，又暗含扬州浪漫多情的人文情怀，表达了诗人对扬州风物的留恋。

本诗前两句着重写扬州山水，后两句寄言韩绰，语言简明，字字珠玑。

背景

此诗是杜牧被任为监察御史，由淮南节度使幕府回长安供职后所作。具体写作时间约在唐文宗大和九年（835）或开成元年（836）秋。唐文宗大和七年（833）至大和九年（835），杜牧曾任淮南节度使掌书记，与韩绰是同僚。

名家点评

〔明〕周珽：胡次焱曰：对草木凋谢之秋，思月桥吹箫之夜，寂寞之恋喧哗，始不胜情。"何处"二字最佳。陆时雍曰：杜牧七言绝句，婉转多情，韵亦不乏，自刘梦得以后一人。牧之诗有"十年一觉扬州梦"之句，素恋其景物奇美。此不过谓韩判官当此零落之候，教箫于月中，不知"二十四桥"之夜在于何处？含无限意绪耳。（《唐诗选脉会通评林》）

烟笼寒水月笼沙，夜泊秦淮近酒家

泊秦淮
唐·杜牧

烟笼寒水月笼沙，夜泊秦淮近酒家。
商女不知亡国恨，隔江犹唱后庭花。

注释

秦淮：即秦淮河。

商女：卖唱为生的歌女。

后庭花：即《玉树后庭花》，相传为南朝亡国之君陈叔宝
所作。

简析

这首诗抒发感时忧愤之情。

"烟笼寒水月笼沙"，开篇写景，描述了夜晚月亮升起，
江边水雾萦绕下，江水和沙滩像是笼上了一层面纱。"笼"
字形象生动，将月亮与江水之美刻画得缱绻细腻。"夜泊秦
淮近酒家"，此句叙事，点明时间、地点。诗人此时刚至金
陵，停船之处近于一处宴会酒舍，因而能听清楚商女歌唱的
内容。

"商女不知亡国恨，隔江犹唱后庭花"，这两句写诗人听商
女唱后庭遗曲所引发的感慨。听到靡靡华丽的《后庭花》的曲
调，诗人不免想到这是历史上南陈后主所作。当时隋朝士兵已
经攻打至江对岸，沉溺于贪欢享乐的陈后主还不知亡国已至。
诗人想到昔日强盛的大唐王朝如今已危机四伏、日薄西山，而

官僚贵族依然过着纸醉金迷的生活，不由得悲从中来。这两句诗表面上在嘲讽商女，其实是笑骂荒淫昏庸的统治者。"犹唱"二字意味深长，巧妙地将逝去的历史、颓败的现实和想象中的未来联系起来，表现出诗人对唐朝命运的关切和忧虑。

背景

此诗为杜牧旅经金陵时所作，国运衰颓，而官吏富商们只顾贪图享乐，诗人借南陈灭亡的历史警醒世人，传达出诗人对国家的关切和思考。

名家点评

〔清〕吴瑞荣：盱目刺怀，含毫不尽。"千里枫树烟雨深，无朝无暮听猿吟"，凄不过此。(《唐诗笺要》)

〔近代〕俞陛云：《后庭》一曲，在当日琼枝璧月之场，狎客传笺，纤儿按拍，无愁之天子，何等繁荣！乃同此珠喉清唱，付与秦淮寒夜，商女重唱，可胜沧桑之感？……独有孤舟行客，俯仰兴亡，不堪重听耳。(《诗境浅说续编》)

莫厌潇湘少人处，水多菰米岸莓苔

早雁

唐·杜牧

金河秋半虏弦开，云外惊飞四散哀。
仙掌月明孤影过，长门灯暗数声来。

须知胡骑纷纷在，岂逐春风一一回？
莫厌潇湘少人处，水多菰米岸莓苔。

注释

金河：地名，在今内蒙古呼和浩特市南。

仙掌：汉武帝为求仙，在建章宫造仙人举掌以承仙露，简称为仙掌。诗中代指宫廷。

长门：汉武帝时皇后陈阿娇被废长门宫，常代指冷宫。

胡骑：胡人的军队。

潇湘：指潇水、湘水地区，大致指今湖南中部、南部一带。

菰米：水中植物菰的果实，形状像米，可以食用。

莓苔：植物，果实为红色团状颗粒。

简析

这是一首咏物诗。诗人借咏雁，表达了漂泊思念、忧心塞外的感受。

"金河秋半虏弦开，云外惊飞四散哀"，首联点明时间、历史事件，交代了诗的写作背景和缘由。北方秋日未过，忽然听到胡人的弓弦声，大雁纷纷惊散，一时间哀声不绝。诗句明写"早雁"，实则喻指边关生活的百姓，在胡人入侵后惊慌逃离的情状。"仙掌月明孤影过，长门灯暗数声来"，颔联意境凄凉。战火面前，大唐却是一幅衰颓景象。大雁的身影、哀鸣传入宫中，可宫中只有月色下孤寂的仙掌和暗淡的长门宫灯火，凄冷哀切。

"须知胡骑纷纷在，岂逐春风一一回"，颈联写此时北方胡人已经纷纷南下入侵中原，而大唐却无力捍守国土，保护百姓的安全。"春风"是比喻修辞，比喻朝廷抗击敌寇驱逐入侵的大好形势。含蓄的抒情,表达了诗人对朝廷的期盼。"莫厌潇湘少人处,水多菰米岸莓苔",诗人所在的潇湘地区,虽然人烟稀少不甚富裕,但是至少还有菰米、莓苔等大雁的食物。这里的大雁代表的是流离失所的边疆人民,尾联表现了作者对他们的同情,也暗含着对朝廷冷漠对待战争的痛苦和无奈。

背景

唐武宗会昌二年(842)八月,北方边塞外的回鹘族侵犯唐朝边境,导致百姓流离失所。杜牧当时在黄州担任刺史,闻此战乱非常愤慨,写下了这首诗。

名家点评

〔清〕金圣叹:此诗慰谕流客,且安侨寓,时方艰难,未可谋归也。前解追述其来,后解婉止其去。(《选批唐诗六百首》)

〔清〕贺裳:《早雁》诗曰:"仙掌月明孤影过,长门灯暗数声来",光景真是可思。但全篇唯"金河秋半"四字稍切"早"字,余皆言矰缴之惨,劝无归还,似是寄托之作。(《载酒园诗话又编》)

温庭筠

温庭筠（约812—约866），本名岐，字飞卿，唐代并州祁县（今山西晋中祁县）人。温庭筠精通音律、工诗，与李商隐齐名，时称"温李"。其诗辞藻华丽，秾艳精致，内容多写闺情。其词艺术成就在晚唐诸词人之上，为"花间派"重要词人，对词的发展影响较大。在词史上，与韦庄齐名，并称"温韦"。其词作更是刻意求精，注重词的文采和声情，被尊为"花间词派"之鼻祖。

过尽千帆皆不是，斜晖脉脉水悠悠

望江南·梳洗罢
唐·温庭筠

梳洗罢，独倚望江楼。过尽千帆皆不是，斜晖脉脉水悠悠。肠断白蘋洲。

注释

望江南：又名"梦江南""忆江南"，原唐教坊曲名，后用为词牌名。

千帆：形容船之多。

斜晖：傍晚的日光。

脉脉：默默地用眼神或行动表达情意。

白蘋洲：铺着白蘋水草的沙洲。

简析

"梳洗罢，独倚望江楼"，这首词以思妇的行状写起，早晨梳洗过后，无心绣花打扮，而是独自倚靠在望江楼上，痴痴地望向江面。"独"字点明这是一位丈夫离家的思妇。"过尽千帆皆不是"，看尽江上"千帆"，妻子对丈夫的思念何其深切！就这样等待了一整天，然而江上"千帆"皆非良人，思妇只能望着"斜晖"，让思念随水漂走。"斜晖脉脉水悠悠"，景中蕴情，写出了爱情的缠绵深沉，"脉脉""悠悠"，婉转中带着凄楚的余韵。"肠断白蘋洲"，前文悠长的深情至此戛然而终，尾句写出了思妇的思念之深，回味无穷。

背景

温庭筠词风秀丽细腻，这首词以思妇为题，将闺怨写得情真意切。其中的"过尽千帆皆不是，斜晖脉脉水悠悠"为千古名句。

名家点评

〔明〕沈际飞：痴迷，摇荡，惊悸，惑溺，尽此二十余字。（《草堂诗余别集》）

〔清〕陈廷焯：绝不着力，而款款深深，低徊不尽，是亦谪仙才也。吾安得不服古人？（《云韶集》）

〔近代〕俞陛云："千帆"二句窈窕善怀，如江文通之"黯然销魂"也。（《唐五代两宋词选释》）

山月不知心里事，水风空落眼前花

梦江南·千万恨

唐·温庭筠

　　千万恨，恨极在天涯。山月不知心里事，水风空落眼前花，摇曳碧云斜。

注释

　　恨：离恨。

　　天涯：天边。

　　摇曳：摇荡、动荡。

简析

　　这是一首以意境取胜的抒情之作，通过描写思妇在孤单的月光下独自思念的姿态，表现了其内心的悲戚和哀伤。

　　"千万恨，恨极在天涯"，连用两个"恨"字，"千万"和"极"字都在最大程度上刻画了女主人公内心极度的愤恨，那么是什么事情让她如此之恨呢？紧接着点出原因，所恨之人远"在天涯"，满腔怨恨喷薄而出，反复、零乱，大有不胜枚举之慨。虽有千头万绪之恨，但恨到极点的事只有一桩——远在天涯的那个人久不归来。这便表明了全文主旨。

　　"山月不知心里事，水风空落眼前花"两句，借想象中的景物从侧面阐述其"恨"之深。女主人公既有千万恨，其"心里"有"事"是理所当然的了。"恨"是无形的，是难以把握和捉摸的，而词人却善于借景将它烘托出来：像风掠过水面时荡起的阵阵涟漪，像花儿随风落去时的缤纷缭乱，像悠悠白云在天空摇曳时的飘忽迷离，这样一来，抽象的"恨"就变得形象、可感了。末句"摇曳碧云斜"动静结合，状出了凝望暮色与碧云的女主人公的百无聊赖之态，虽不言"恨"但其意已显。

背景

　　温庭筠有两首《梦江南》小令，《草堂诗余别集》在此调下有题"闺怨"。此词具体创作时间不详。

名家点评

　　〔明〕沈际飞：（"山月"二句）惨境何可言！（《草堂诗余别集》）

　　〔清〕陈廷焯：低徊深婉，情韵无穷。（《云韶集》）

　　〔近代〕李冰若："摇曳"一句，情景交融。（《栩庄漫记》）

　　〔现代〕唐圭璋：此首叙漂泊之苦，开口即说出作意。"山月"以下三句，即从"天涯"两字上，写出天涯景色，在在堪恨，在在堪伤。而远韵悠然，令人讽诵不厌。（《唐宋词简释》）

李商隐

李商隐（约813—约858），字义山，号玉溪生，又号樊南生，祖籍怀州河内（今河南焦作沁阳），晚唐著名诗人。和杜牧合称"小李杜"，与温庭筠合称"温李"。其诗构思新奇，风格秾丽，尤其是一些爱情诗和无题诗写得缠绵悱恻，优美动人，广为传诵。但部分诗歌过于隐晦迷离，难于索解。

深知身在情长在，怅望江头江水声

暮秋独游曲江

唐·李商隐

荷叶生时春恨生，荷叶枯时秋恨成。
深知身在情长在，怅望江头江水声。

注释

曲江：即曲江池。在今陕西省西安市东南。

春恨：犹春愁，春怨。

怅望：惆怅地看望或想望。

简析

　　这首七绝律诗是诗人悼亡妻所作，借景抒情，抒发对妻子的深情思念，情感真挚，意境凄凉。

　　前两句"荷叶生时春恨生，荷叶枯时秋恨成"赋予荷叶以生命力，当其萌芽时"春恨生"，当其衰亡时"秋恨成"，生与枯、"春恨生"与"秋恨成"形成两组对比，诗人通过荷叶生和荷叶枯喻指人生变化无常、生死由天，奠定了全诗哀伤忧愁的感情基调，也含蓄流露出诗人对妻子的无尽感怀。

　　"深知身在情长在"点出诗人与亡妻伉俪情深，我在，故我们的爱情长存，直抒心中情谊足见诗人用情至深。"怅望江头江水声"，末句以眺望江景收束全诗，怅然若失的诗人见江水川流不息，回想起与发妻的相处时光如流水般飞逝而去，寓情于景，加深了痛失爱妻的悲伤愁绪。

背景

　　李商隐妻子王氏于唐宣宗大中五年（851）秋病故。是年秋冬之际，李商隐赴东川节度使柳仲郢幕府，前后凡五年。大中十年（856）冬，柳仲郢被命入朝，李商隐随柳氏返京。第二年春上抵达长安。

名家点评

　　〔清〕屈复：江郎云"仆本恨人"，青莲云"古之伤心人"，与此同意。（《玉溪生诗意》）

　　〔清〕程梦星："身在情长在"一语，最为凄婉，盖谓此身一日不死，则此情一日不断也。（《重订李义山诗集笺注》）

初闻征雁已无蝉，百尺楼高水接天

霜月

唐·李商隐

初闻征雁已无蝉，百尺楼高水接天。
青女素娥俱耐冷，月中霜里斗婵娟。

注释

征雁：指南飞的大雁。

青女：中国传说中掌管霜雪的仙女。

素娥：仙女之名，即传说之嫦娥。

婵娟：形容样子美丽明媚，古代常代指明月。

简析

本诗以"霜月"为题，借景抒情，借典寄怀。

"初闻征雁已无蝉"，开篇点明时令，刚能听到南飞大雁的鸣叫，蝉声已没不可闻，可知此时已是深秋。"百尺楼高水接天"，点明地点，是在高楼上赏月，楼上眺望水天相接，美不胜收。诗人写时写景，却意不在此，诗中主题是"霜月"，引出"青女素娥俱耐冷，月中霜里斗婵娟"。青女是传说中的霜神，素娥是传说中的月神，诗人借青女、素娥容颜互较，而喻霜、月之美不相上下。在寒夜之中，诗人在高楼上赏得"婵娟"之美，霜之冷与月之明交融，传达出清远高洁的气氛，霜月景色显得干净清新，不落俗套。

本诗采用虚实结合的写法，前两句写环境背景，后两句想象、议论，自出机杼，别见新奇。

背景

此诗为李商隐所作七言小诗，借助司霜之女神青女与月中仙子嫦娥斗美比洁的假想，抒发个人怀抱。

名家点评

〔宋〕杨万里：五七字绝句最少而最难工，虽作者亦难得四句全好者，晚唐人与介甫最工于此。如李义山忧唐之衰，云："夕阳无限好，其奈近黄昏。"如"青女素娥俱耐冷，月中霜里斗婵娟"，如"芭蕉不展丁香结，同向春风各自愁"，如"莺花啼又笑，毕竟是难春"……皆佳句也。(《诚斋诗话》)

〔清〕张文荪：托兴幽渺，自见风骨。(《唐贤清雅集》)

韦庄

韦庄（约836—约910），字端己，京兆杜陵（今属陕西西安）人。韦庄的词与温庭筠齐名，并称"温韦"。韦词语言清丽，多以白描手法写闺情愁绪及游乐生活。

春水碧于天，画船听雨眠

菩萨蛮·人人尽说江南好

唐·韦庄

人人尽说江南好，游人只合江南老。春水碧于天，画船听雨眠。

垆边人似月，皓腕凝霜雪。未老莫还乡，还乡须断肠。

注释

游人：这里指漂泊江南的人，即作者自谓。

只合：只应。

碧于天：一片碧绿，胜过天色。

垆边：指酒家。

皓腕：形容双臂洁白如雪。

凝霜雪：像霜雪凝聚那样洁白。

须：必定，肯定。

简析

这首词描写了江南水乡的风光美和人物美，表现了诗人对江南水乡的依恋之情，也抒发了诗人漂泊难归的愁苦之感。

"人人尽说江南好，游人只合江南老"，诗人从常人的视角出发，描写江南之景的美丽，为后文的情感转折做铺垫。"春水碧于天，画船听雨眠"和"垆边人似月，皓腕凝霜雪"，承接第一句的江南好，具体描述了江南之美。"春水碧于天，画船听雨眠"是江南的景色之美，而"垆边人似月，皓腕凝霜雪"则是江南人之美。"未老莫还乡，还乡须断肠"，却突然由喜转悲，词人表面上写得很旷达，因为还没有老所以不需要还乡，而实则是对故乡欲归不得的盘旋郁结的感情。"还乡须断肠"，故乡弥漫着战乱烽火，回去只会有断肠的悲哀。

背景

这首词作于韦庄晚年寓居蜀地之时，是词人回忆江南旧游而作。

名家点评

〔清〕张惠言：此章述蜀人功留之辞，江南即指蜀。中原沸乱，故曰："还乡须断肠。"(《词选》)

〔清〕陈廷焯：风流自赏，决绝语，正是凄楚语。(《云韶集》)

和凝

　　和凝（898—955），字成绩，郓州须昌（今山东东平西北）人。十九岁登进士第，一生仕途顺畅，好为短歌艳曲，有"曲子相公"之称。著有《红叶稿》，已失传。词存二十九首。今有王国维辑《红叶稿词》一卷。

春水无风无浪，春天半雨半晴

春光好

五代·和凝

　　苹叶软，杏花明，画船轻。双浴鸳鸯出绿汀，棹歌声。
　　春水无风无浪，春天半雨半晴。红粉相随南浦晚，几含情。

注释

　　汀：水边平地，小洲。
　　棹（zhào）：划船的一种工具，类似桨。
　　棹歌：船歌。
　　南浦：地名。

简析

此词主要描绘了一幅清新明媚的春水泛舟图，用轻快、愉悦的笔触描写了所处城市的景色，明快、工整又朗朗上口，文字里透出词人的欢快心情。

"苹叶软，杏花明，画船轻"，"软""明""轻"，几个形容词既描写景色，又描绘心情，勾勒出苹叶、杏花、画船的动作，十分形象，彼情彼景跃然纸上。"双浴鸳鸯出绿汀，棹歌声"同样绘景，只不过还带着声音。看，水里游玩的鸳鸯在绿池里动荡摇晃，听，恍然间似乎传来渔夫的歌声。

"春水无风无浪，春天半雨半晴"，两个"春"旁边似乎有所重复，但其实又各有不同。"无风无浪"写的是春天的江水，平静、淡泊，"半雨半晴"写的是春天的气候，时而雨水时而晴天。"红粉相随南浦晚，几含情"，写与心爱的女子同游，不觉间到了远处的晚间，这个时候，天色渐暮，莫名间两人似乎也被景色所陶醉，不觉间互生情愫。一个"几"字，近乎无，又似有，至于此种境地，无非是因景生情罢了，进一步衬托景色宜人。

名家点评

〔近代〕俞陛云：前半写烟波画船，见春光之好；后言浪静风微，乍晴乍雨，确是江南风景，绝好惠崇之图画也。(《五代词选释》)

〔近代〕李冰若："春水""春天"二语，写出春光骀宕之状。(《栩庄漫记》)

冯延巳

冯延巳（约903—960），一名延嗣，字正中，广陵（今江苏扬州）人。其词语言清新，多写男女离情别恨和士大夫的伤感落寞情怀，擅长刻画人物内心活动，在五代词人中与温庭筠、韦庄齐名。有《阳春集》存世。

风乍起，吹皱一池春水

谒金门·风乍起

五代·冯延巳

风乍起，吹皱一池春水。闲引鸳鸯香径里，手挼红杏蕊。
斗鸭阑干独倚，碧玉搔头斜坠。终日望君君不至，举头闻鹊喜。

注释

谒（yè）金门：词牌名。

乍（zhà）：忽然，突然。

挼（ruó）：本意指揉搓，此处意为拿着。

斗鸭：古时的一种游戏，以鸭相斗为乐。

简析

　　这首诗先是从"一池春水"写景，轻轻一阵风吹起，让水面泛起涟漪。一个"皱"字，极为形象地刻画了风景。表面上是说水，实际上写情，一片心池莫名波动，说明妇人心中已略有波澜。接着由池塘的鸳鸯引到妇人手中红杏蕊，描写了贵妇无聊时以逗引鸳鸯为乐。"闲"说明心不在焉，"挼"表现出心不在此。与鸳鸯作乐，也只能聊解寂寞。倚着雕饰闲看斗鸭，就连玉簪快掉了都没有察觉。目光注视着斗鸭，心思却不知飘到了何处。

　　"终日望君君不至，举头闻鹊喜。"对心爱的人如望穿秋水般期待，却不知君何时能来。抬头听见喜鹊的叫声，即使以前不在意，却不由得心生喜悦："说不定我盼望的人儿已经快要到来了呢！""举头"一句，带出了女主人公对爱人的期待达到了极为深刻的地步，就连平时关注不到的喜鹊叫声，也匆忙去察看，期待之情溢于言表。

名家点评

　　〔宋〕马令：元宗尝戏延巳曰："吹皱一池春水，干卿何事？"延巳曰："未如陛下'小楼吹彻玉笙寒'。"元宗悦。（《南唐书》）

　　〔明〕陈霆：秋晚曲寄《谒金门》，刘伯温作也。首云："风袅袅，吹绿一庭秋草。"为语亦佳。然即"风乍起，吹皱一池春水"格耳。以二言相较，刘公当退避一舍。（《渚山堂词话》）

雨晴烟晚，绿水新池满

清平乐·雨晴烟晚

五代·冯延巳

　　雨晴烟晚，绿水新池满。双燕飞来垂柳院，小阁画帘高卷。黄昏独倚朱阑，西南新月眉弯。砌下落花风起，罗衣特地春寒。

注释

朱阑：红色的栏杆。

砌：石阶。

特地：非常，特别。

简析

　　这首词描写了在春天将逝的时候，一个少妇眼中看到的场景，表现了其因春天逝去而感到孤独寂寞的心情。

　　"雨晴烟晚，绿水新池满"，寥寥数笔勾勒出场景和气候。刚下过雨，夕阳斜照，满池春水，"晴""晚""满"写出了妇人眼中的景色，也从另一个角度刻画了主人公敏感、细腻的特点，非常生动形象。

　　"双燕飞来垂柳院，小阁画帘高卷"，写高高卷起的画帘让妇人能够看到外面的景象，描写了妇人双眼望去所看到的场景，"双燕"飞舞，触动了她的心弦。

　　"黄昏独倚朱阑，西南新月眉弯"，写傍晚一个人倚着栏杆百无聊赖，西南方的天空只挂着一弯新月。寂静清冷的晚上，孤苦伶仃地一人独处，此情此景难掩"伤春"本色。"砌下落花风起，罗衣特地春寒"，石阶下起风了，带着凋零的花瓣，这时候主人公意识到风所带走的温度让她感到些许寒意，其实本来春天温度适宜，倒是晚上孤寂无依的情形让她心底生寒。

背景

冯延巳的这首词出自《花间集》，通过描写生活细微的镜头，再辅以常见的自然景观，表现了别具一格的"花间派"词作特色。

名家点评

〔近代〕俞陛云：纯写春晚之景。"花落春寒"句，论词则秀韵珊珊，窥词意或有忧谗自警之思乎？（《唐五代两宋词选释》）

〔现代〕唐圭璋：此词纯写景物，然景中见人，娇贵可思……通篇俱以景物烘托人情，写法极为高妙。（《唐宋词简释》）

李煜

李煜（937—978），初名从嘉，字重光，号钟隐、莲峰居士，金陵（今江苏南京）人，南唐最后一位国君。李煜精书法、工绘画、通音律，诗文均有一定造诣，尤以词的成就最高。李煜的词，继承了晚唐以来花间派词人的传统，语言明快、形象生动、用情真挚、风格鲜明，其亡国后词作更是题材广阔，含义深沉，在晚唐五代词中独树一帜，对后世词坛影响深远。

自是人生长恨，水长东

相见欢·林花谢了春红

五代·李煜

林花谢了春红，太匆匆。无奈朝来寒雨，晚来风。
胭脂泪，相留醉，几时重。自是人生长恨，水长东。

注释

春红：春天的花。
胭脂泪：女子的眼泪。

相留醉：让人心醉。

重：重逢。

恨：遗憾。

简析

这首词虽以伤春为旨，却因融入了词人对身世命运的感慨，显得伤感更为深重。

春季花开满园，芳华正好，是词人前半生欢乐的写照。可是很快春季过去，"林花谢了春红"，林花凋谢，寒风苦雨，隐喻着词人前半生的快乐无忧已经逝去，如今面临的是被监视囚禁的痛苦和忧惧。词人本就情感细腻，此时身为亡国之君，在"朝来寒雨晚来风"的打压下，心中的恐惧紧张可想而知。

"胭脂泪，相留醉，几时重"，旧日光景历历在目，曾经的宫娥侍女已经物是人非，今生再难相逢。尾句"自是人生长恨，水长东"，以水喻情，展现出无限的哀怨忧伤。"长恨"是词人的人生感悟，内中蕴含着常人难以感受的家国之痛，无限哀伤尽在水中，流之不息。

背景

此词为南唐后主李煜亡国后所作。李煜此时被囚禁于汴京，国破被囚，江山易主，内心的哀痛无以言说，创作出了《虞美人》等大量感怀之作，此词也是这一时期的作品。

名家点评

〔近代〕俞陛云：后主为樊若水所卖，举国与人。词借伤春为喻，恨风雨之摧花，犹逆臣之误国，迫魁柄一失，如水之东流，安能挽沧海尾间，复鼓回澜之力耶！(《唐五代两宋词选释》)

流水落花春去也，天上人间

浪淘沙·帘外雨潺潺

五代·李煜

　　帘外雨潺潺，春意阑珊。罗衾不耐五更寒。梦里不知身是客，一晌贪欢。

　　独自莫凭栏，无限江山，别时容易见时难。流水落花春去也，天上人间。

注释

　　阑珊：衰残。

　　罗衾（qīn）：绸被子。

　　不耐：受不了。

　　身是客：指被拘汴京，形同囚徒。

　　一晌：一会儿，片刻。

简析

　　这首词深刻地表现了词人的亡国之痛和囚徒之悲。

　　"帘外雨潺潺，春意阑珊。"开篇运用白描手法描绘了暮春时节连绵不断的潺潺雨声，营造了一种深沉哀婉的氛围，隐含着作者内心的幽怨哀愁。"罗衾不耐五更寒。梦里不知身是客，一晌贪欢。"午夜梦醒，只因罗织的锦被受不住五更时的冷寒。词人追忆方才的梦境，完全忘却了自己囚徒的身份，宴饮享乐的情景好不欢畅。此处以梦中乐景写醒后现实的哀情，以梦之短暂写现实之绵长，表达了词人沦为亡国之君的无限孤寂与凄凉。

"独自莫凭栏，无限江山，别时容易见时难。"凭栏远眺自然望不见千里之外的故国江山，只会引起无限的故国之思。对于亡国之君而言，很难想象失去故土的悲哀，这也是他不敢凭栏的原因。"流水落花春去也，天上人间"两句叹息春归何处与人生变幻的无常。"天上人间"既指现居之所与故国宫廷相隔遥远，也指当年的帝王生活与今天的囚徒境遇有如天壤之别。

全词寓情于景，借景抒情，感情层层递进，春去人逝，故国难返，生动地刻画了亡国之君的凄凉处境和落寞形象。

背景

这首词作于李煜被囚汴京期间，抒发了由天子沦为臣虏后难以排遣的失落感，以及对南唐故国故都的深切眷念。此词是作者去世前不久所作。

名家点评

〔明〕沈际飞："梦觉"语妙，哪知半生富贵，醒亦是梦耶？末句，可言不可言，伤哉。(《草堂诗余正集》)

〔清〕王闿运：高妙超脱，一往情深。(《湘绮楼词选》)

山远天高烟水寒，相思枫叶丹

长相思·一重山

五代·李煜

一重山，两重山。山远天高烟水寒，相思枫叶丹。
菊花开，菊花残。塞雁高飞人未还，一帘风月闲。

注释

长相思：原为乐府曲调，主旨为男女相思。

重：量词。层，道。

枫叶丹：枫叶转红。

简析

此词以思妇闺怨为题，意境渲染十分妥帖，将幽怨的情绪层层铺开，通过景物的延展逐渐加深。词人以构画意境见长，情意深重而不直白浅显，词句婉约瑰丽。

"一重山，两重山"，意象重叠，既指离家之远，也使情感渐深。"山远天高烟水寒"，山水相隔，离开的距离越来越远，烟水凄迷中思妇的哀伤苦闷流露出来。"远""高""寒"，渲染了清冷的氛围。"相思"是本诗的题旨，"相思枫叶丹"，写秋季萧瑟，枫叶转红，丈夫还未归来，强调思念之久。

"菊花开，菊花残"，暗指时间流逝之快。"塞雁高飞人未还"，秋季渐深，却还是雁归人未还，离家之人与南归之雁对比鲜明，思妇不禁触景生情。"一帘风月闲"，写帘外风月无人赏玩，风月之"闲"代表着主人之忧，柔肠百转。

这首词韵律工整，品读之间尽显凄美缠绵，在思妇情感的描写上曲折婉转，情景交融，是一首意境深远的佳作。

背景

这首小词是南唐后主李煜早期的作品，以闺阁幽怨为主题，描绘出一个思念丈夫、哀怨孤寂的思妇形象，词风婉丽。

名家点评

〔明〕李廷机：句句有怨字意，但不露圭角，可谓善形容者。(《新刻注释草堂诗余评林》)

问君能有几多愁？恰似一江春水向东流

虞美人·春花秋月何时了

五代·李煜

春花秋月何时了？往事知多少。小楼昨夜又东风，故国不堪回首月明中。

雕栏玉砌应犹在，只是朱颜改。问君能有几多愁？恰似一江春水向东流。

注释

了：结束，了却。

雕栏玉砌：指精美华丽的栏杆和台阶，代指宫殿。

朱颜：红颜，少女的化称，这里指南唐旧日的宫女。

几多：多少。

简析

这首词是李煜晚期的作品。李煜回首往事，百感交集，作此词表达对故国的追思。

"春花秋月何时了"，"春花""秋月"都是诗词中常见的意象，词人看不到其盛放光彩，只看到了枯萎衰败。在一年一年的花开花谢中，往事历历在目，愁思日日侵袭。"小楼昨夜又东风，故国不堪回首月明中"，词人被困在幽深的阁楼，昨夜东风忽起，在风声中词人又想起了曾经的故国家园。作为君王，他未能奋力保国开创盛世，而是忍辱求全，落得被幽禁的命运。故国不堪回首，山河犹在人却非，亡国之痛深入骨髓。月光清寒，对故国灭亡的悲痛忧愤在月光的衬托下，更显沉重。

"雕栏玉砌应犹在，只是朱颜改"，曾经的华丽楼阁还伫立在宫城中，但是相伴的宫女早已化为黄土，宫殿中的人不复往昔。"问君能有几多愁，恰似一江春水向东流"，词人的愁思就像一江春水，涓涓细流，绵延无尽，无限的哀怨忧伤都在这无尽的春水间，更显悠远绵长。

背景

此词为南唐后主李煜亡国后所作。此时李煜被囚禁于汴京，国破被囚，江山易主，内心的悲羞哀怨汇集在这首词中，呈现出物是人非、愁思长流的深远意境。

名家点评

〔清〕陈廷焯：一声恸歌，如闻哀猿，呜咽缠绵，满纸血泪。（《云韶集》）

〔清〕王闿运：常语耳，以初见故佳，再学便滥矣。朱颜本是山河，因归宋不敢言耳。若直说山河改，反又浅也。结亦恰到好处。（《湘绮楼词选》）

王禹偁

王禹偁（954—1001），字元之，济州钜野（今山东省巨野县）人。北宋诗人、散文家、史学家。太平兴国八年进士，历任右拾遗、左司谏、知制诰、翰林学士。敢于直言讽谏，因此屡受贬谪。王禹偁为北宋诗文革新运动的先驱，文学韩愈、柳宗元，诗崇杜甫、白居易，多反映社会现实，语言平易流畅，风格简雅古淡。

水村渔市，一缕孤烟细

点绛唇·感兴

宋·王禹偁

雨恨云愁，江南依旧称佳丽。水村渔市，一缕孤烟细。
天际征鸿，遥认行如缀。平生事，此时凝睇，谁会凭阑意。

注释

点绛唇：词牌名。

行（háng）如缀：排成行的大雁，一只接一只，如同缀在一起。

凝睇（dì）：凝视。睇：斜视的样子。

简析

这首词描绘江南水乡雨景，格调清丽，意境渺远。词人借景抒情，抒发了自己怀有政治抱负却壮志未酬的失落感和苦闷。

上阕着眼于远见之景，"雨恨云愁，江南依旧称佳丽"，欲扬先抑，虽然雨意朦胧，江南秀丽景色仍不逊色。"恨"和"愁"点名了词人的内心苦闷，"依旧称佳丽"表明词人报效国家矢志不渝的初衷。"水村渔市，一缕孤烟细"，寓情于景，江南水乡之地，一缕炊烟袅袅，"孤烟细"描述炊烟的孤独和细长，同时以孤烟自比，与下阕"行如缀"的征鸿形成鲜明对比，含蓄表达无人赏识的无奈与孤苦。

下阕着重抒发情感，"天际征鸿，遥认行如缀"，描绘了一行鸿雁长途跋涉，彼此相互连接的合作精神，而词人形单影只，无人赏识，无人懂其志趣。与鸿雁对比，更加衬托出词人怀才不遇的孤独、愁闷。

背景

王禹偁于宋太宗太平兴国八年（983）中进士，授成武（今属山东）主簿，迁大理评事。次年，改任长洲（苏州属县）知县。这首词就是王禹偁任长洲知县时的作品。

名家点评

〔清〕张宗橚：清丽可爱，岂止以诗擅名。（《词林纪事》）

林逋

　　林逋（967—1028），字君复，奉化大里黄贤村人，北宋著名隐逸诗人。林逋隐居西湖孤山，终生不仕不娶，唯喜植梅养鹤，自谓"以梅为妻，以鹤为子"。其诗直抒胸臆，多奇句，风格清冷幽静，澄澈淡远。尤爱写西湖美景，反映隐逸生活和闲适之趣。代表诗作有《山园小梅》等。

疏影横斜水清浅，暗香浮动月黄昏

山园小梅（其一）

宋·林逋

众芳摇落独暄妍，占尽风情向小园。
疏影横斜水清浅，暗香浮动月黄昏。
霜禽欲下先偷眼，粉蝶如知合断魂。
幸有微吟可相狎，不须檀板共金尊。

注释

　　暄妍：明艳美丽的样子。

　　风情：风采神韵。

霜禽：羽毛白色的禽鸟，如白鹭、白鹤等。

偷眼：偷看一眼。

微吟：低声浅吟。

狎：亲近。

檀板：檀木制作的乐器，此处代指乐声。

金尊：即"金樽"，酒杯。

简析

这首诗描绘了梅花的特质和韵致，并寄寓了诗人高洁的志向。

"众芳摇落独暄妍，占尽风情向小园"，首联写百花凋零的冬日，只有梅花姿态高绝，在小园中花开正艳。"众"与"独"字对出，反衬梅花之峻洁清高。

"疏影横斜水清浅，暗香浮动月黄昏"，颔联绘出了一幅动人的山园小梅图。水边倒映出梅树错落的枝条，水波清浅，梅枝横斜，别有雅趣。月色升起，黄昏朦胧的环境里，暗香氤氲，沁人心脾。此联写梅花，既写出了清冷高洁，又写出了馥郁缠绵，极为动人。

"霜禽欲下先偷眼，粉蝶如知合断魂"，梅之清丽引得霜鸟想要偷看，粉蝶几乎销魂，可见姿态端妍妩媚。"幸有微吟可相狎，不须檀板共金尊"，诗人也被梅花吸引，不由吟诗与其相应，无须丝竹酒乐，全然一番自然意趣。

背景

此诗为宋代诗人林逋所作，次联"疏影横斜水清浅，暗香浮动月黄昏"广为流传。林逋是著名的处士诗人，号称"梅妻鹤子"，不喜喧闹繁华的应酬，安于闲适隐逸的生活，此诗亦能体现一二。

名家点评

〔宋〕周紫芝：林和靖赋梅花诗，有"疏影横斜水清浅，暗香浮动月黄昏"之语，脍炙天下殆二百年。（《竹坡诗话》）

〔宋〕吴沆：咏物诗，本非初学可及，而莫难于梅、竹、雪。咏梅，无如林和靖"疏影横斜水清浅，暗香浮动月黄昏"。（《环溪诗话》）

〔明〕李东阳：惟林君复"暗香""疏影"之句为绝唱，亦未见过之者，恨不使唐人专咏之耳。（《麓堂诗话》）

柳永

柳永（约984—约1053），原名三变，字景庄，后改名柳永，字耆卿，因排行第七，又称柳七。福建崇安人，北宋著名词人，婉约派代表人物。柳永对宋词进行了大胆革新，他大力创作慢词，将敷陈其事的赋法移植于词，同时充分运用俚词俗语，对宋词的发展产生了深远影响。

唯有长江水，无语东流

八声甘州·对潇潇暮雨洒江天

宋·柳永

对潇潇暮雨洒江天，一番洗清秋。渐霜风凄紧，关河冷落，残照当楼。是处红衰翠减，苒苒物华休。唯有长江水，无语东流。

不忍登高临远，望故乡渺邈，归思难收。叹年来踪迹，何事苦淹留？想佳人，妆楼颙望，误几回、天际识归舟。争知我，倚栏杆处，正恁凝愁！

注释

八声甘州：词牌名。

霜风：指秋风。

关河：关塞与河流，此指山河。

苒苒：同"荏苒"，形容时光消逝。

渺邈：远貌，渺茫遥远。

归思：渴望回家团聚的心思。

淹留：长期停留。

天际：指目力所能达到的极远之处。

恁：如此。

凝愁：愁苦不已，愁恨深重。凝，表示一往情深，专注不已。

简析

上片以写景为主，但景中有情，从高到低，由远及近，层层铺叙，把大自然的浓郁秋气与内心的悲哀感慨完全融合在一起，淋漓酣畅而又兴象超远。前两句点明季节、天气，"潇潇暮雨""洗清秋"营造萧条秋意氛围，为全词奠定凄凉的情感基调。"渐霜风凄紧，关河冷落，残照当楼"，勾勒出一幅悲怆冷清的图景，秋霜、凄风、关河、残月均是"红衰翠减"的实写。"苒苒物华休"，衰败情景处处勾起词人的伤感愁情。悲凉之景引发了词人"唯有长江水，无语东流"感叹，抒发了韶华易逝的伤怀。

词的下片由景转入情，由写景转入抒情，写对故乡亲人的怀念，过片处即景抒情，表达想念故乡而又不忍心登高，怕引出更多的乡思的矛盾心理。"不忍登高临远，望故乡渺邈，归思难收"，直抒思乡深情，游子朝夕怀乡，登高不见故乡，因而"归思难收"。"叹年来踪迹,何事苦淹留?"此两句是对自己发问,为何漂泊天涯羁旅多年?同时表露仕途不顺的内心苦闷。"想佳人,妆楼颙望,误几回、天际识归舟",想象故乡佳人日夜期盼词人归乡,"妆楼颙望",从佳人角度寄予思念情感,悱恻动人。"争知我,倚栏杆处,正恁凝愁",从自身角度诉说怀乡之苦,"凝愁"流露归乡不得、仕途不顺的矛盾处境。

背景

柳永出身士族家庭,适逢北宋安定统一,被流行歌曲吸引,乐与伶工、歌妓为伍。初入仕,竟因谱写俗曲歌词,遭致当权者挫辱,而不得伸其志。他于是浪迹天涯,用词抒写羁旅之志和怀才不遇的痛苦愤懑。《八声甘州》即此类词的代表作,其具体创作时间未得确证。

名家点评

〔清〕郑文焯:柳词本以柔婉见长,此词却以沉雄之魄,清劲之气,写奇丽之情。(《与人论词遗札》)

范仲淹

范仲淹（989—1052），字希文，吴县（今属苏州）人。历任兴化县令、秘阁校理、陈州通判、苏州知州等职，因秉公直言而屡遭贬斥。范仲淹政绩卓著，文学成就突出。其诗意淳语真，艺术手法多样，以清为美的特点尤为突出，以文为诗、议论化的倾向非常明显。其词作存世共五首，虽然数量较少，但首首脍炙人口，在宋词的发展中起着承前启后的重要作用。

山映斜阳天接水，芳草无情，更在斜阳外

苏幕遮·碧云天
宋·范仲淹

碧云天，黄叶地，秋色连波，波上寒烟翠。山映斜阳天接水，芳草无情，更在斜阳外。

黯乡魂，追旅思。夜夜除非，好梦留人睡。明月楼高休独倚，酒入愁肠，化作相思泪。

注释

黯乡魂：因思念家乡而黯然伤神。

旅思：羁旅的愁思。

愁肠：形容内心忧愁苦闷。

简析

这首词通过对寥廓绚丽的深秋景色的描绘，抒写了词人思乡的情怀和羁旅的愁绪。

上阕为读者呈现一派萧瑟秋丽的秋之景。"碧云天，黄叶地，秋色连波，波上寒烟翠"，全词开篇塑造了典型的秋日意象，万里晴空下，黄叶落满地面。江上波涛翻滚，升腾的烟雾缭绕，青色的江水与天空相接，浩瀚广阔。日落时分斜阳洒下金光，"芳草无情，更在斜阳外"，芳草本就无情，写芳草无情，反衬作者心中情之深。

下阕词人直抒胸臆，表达思乡之苦。"黯乡魂，追旅思"，词人远离家乡，追怀一路羁旅的思绪，愁意万千，夜夜只盼好梦能入睡。孤身客居他乡，甚至不敢登上月色里的高楼，生怕触景伤怀。"酒入愁肠，化作相思泪"，思乡之情深可见一斑。

背景

范仲淹作此词时奉命镇守陕西，以防西夏进犯。词人久离家乡，词风雄壮又见哀切，抒发了浓厚的思乡之情。

名家点评

〔清〕沈谦：范希文"真珠帘卷玉楼空，天淡银河垂地"及"芳草无情，更在斜阳外"，虽是赋景，情已跃然。(《填词杂说》)

〔清〕李佳：希文，宋一代名臣，词笔婉丽乃尔。比之宋广平赋梅花，才人何所不可。不似世之头巾气重，无与风雅也。（《左庵词话》）

晏殊

晏殊（991—1055），字同叔，抚州临川人。北宋著名文学家、政治家。晏殊能诗、善词，文章典丽，书法皆工，而以词最为突出，有"宰相词人"之称。他的词，风格含蓄婉丽，吸收了南唐"花间派"和冯延巳的典雅流丽词风，开创北宋婉约词风，被称为"北宋倚声家之初祖"。

欲寄彩笺兼尺素，山长水阔知何处

蝶恋花·槛菊愁烟兰泣露
宋·晏殊

槛菊愁烟兰泣露。罗幕轻寒，燕子双飞去。明月不谙离恨苦，斜光到晓穿朱户。

昨夜西风凋碧树。独上高楼，望尽天涯路。欲寄彩笺兼尺素，山长水阔知何处。

注释

槛菊：栏杆旁的菊花。

罗幕：丝罗做的帷幕。

朱户：古时富贵显赫的人家大门涂以朱红色，称为朱户或朱门。

彩笺：印有彩色图案的信笺。

尺素：一尺长的绢布，常用来书写，诗中代指书信。

简析

晏殊词多为伤情之作，然情深不滥，彰显出精巧雅致的情思，迂回婉转，动人心魄。

此词上阕描写苑中景物，为词人清晨所见。开篇以营造情景为主，在菊花蒙烟、兰花吐露中寄托了愁思与哀伤。"罗幕轻寒，燕子双飞去"，天气转冷，燕子从门庭飞走。虽身在朱门大户，但夜晚依旧漫长难熬。明月不解离人的孤独心境，月光一夜斜照门庭，显得更加清冷孤寂。清冷的景致下是离人哀伤的心绪。

下阕写登楼望远。"昨夜西风凋碧树"，写西风之凛冽。"独上高楼，望尽天涯路"，独身在高楼上远远相望，等待无尽无止。"望尽"，极言眺望之远。"欲寄彩笺兼尺素"，写词人想寄书信传情却不知寄往何处，词人以无可奈何的问句结尾，言犹未尽，让人顿生情也悠悠、恨也悠悠之感。

全词辞藻秀丽，久留余味，伤怀中透露出旷远的意境来。

背景

晏殊词以清丽婉约见长，此词为其代表作之一。词人以疏淡的笔墨、温婉的格调、谨严的章法，传达出暮秋怀人之情。

名家点评

〔清〕陈廷焯：缠绵悱恻，雅近正中。(《词则》)

〔近代〕王国维：古今之成大事业、大学问者，必经过三种之境界。晏同叔之"昨夜西风凋碧树。独上高楼，望尽天涯路。"此第一境也。"衣带渐宽终不悔，为伊消得人憔悴。"此第二境也。"众里寻他千百度，蓦然回首，那人却在，灯火阑珊处。"此第三境也。此等语皆非大词人不能道。(《人间词话》)

王安石

王安石（1021—1086），字介甫，号半山，临川人，北宋著名思想家、政治家、文学家。其诗"学杜得其瘦硬"，重炼意和修辞，擅长说理与修辞，晚年诗风含蓄深沉、深婉不迫，以雅丽精绝的风格在北宋诗坛自成一家，世称"王荆公体"。

冉冉水中蒲，尔生信无聊

招同官游东园

宋·王安石

青青石上蘽，霜至亦已凋。
冉冉水中蒲，尔生信无聊。
感此岁云晚，欲欢念谁邀。
嘉我二三子，为回东城镳。
幽菊尚可泛，取鱼系榆条。
毋为百年忧，一日以逍遥。

注释

冉冉：柔弱下垂貌。

镳：本义马嚼子，指马口中所衔铁具露出在外的两头部分。

简析

本诗记叙了诗人秋日游园的场景。"青青石上蘖"两句颇有《古诗十九首》韵味。石间的柏树，曾经青翠欲滴，却在秋日的寒霜下凋残了。而水中的蒲草尚且柔乱纷垂，其散乱柔弱，就如同无所依凭的人生一般。读来似乎有些悲观，但是想到诗人多年来陷于政坛纷争，波谲云诡，这种感慨似乎也可以理解了。

值此秋节，一年将尽。诗人动了游兴，却不知与谁同往。好在还有二三友人，可以一同策马东城。"幽菊尚可泛，取鱼系榆条"，菊花尚在开放，可以拿来泛酒；垂钓潭中，有所收获便随意折下榆树枝条，将鱼儿系于其上。在这安然悠闲的游玩场景中，诗人的心怀也渐渐开阔。诗人王安石为人清简雅正，并不常为此燕饮欢聚之事。偶一为之，竟能放开怀抱，发出"毋为百年忧，一日以逍遥"的感慨。"人生不满百，常怀千岁忧"，这本是一种负担极重的生活状态，然而在这一天，诗人似乎找回了自由和随性，这大约与舒州淳朴的民风有关。

背景

本诗是王安石在舒州任职时所作，记述了他与同僚游园玩乐的情景。

名家点评

〔宋〕张舜民：王介甫如空中之音，相中之色，欲有寻绎，不可得矣。(《宾退录》)

江水漾西风，江花脱晚红

江上

宋·王安石

江水漾西风，江花脱晚红。
离情被横笛，吹过乱山东。

注释

漾：吹过。

脱：脱下。

晚红：指迟开的花。

横笛：横吹的笛子，这里指笛声。

简析

这首诗借江风秋景抒离别之情，情景交融，表达了诗人对亲朋的不舍。

"江水漾西风，江花脱晚红"，前两句写诗人与亲朋作别后的所见，以比兴手法，借景抒情：诗人站在船头，看绵绵江水长流不息，在西风的吹拂下漾起层层波澜，就像诗人的心绪一般难以平静。再看江边落红无数，即使最晚的花也已开败，可见时节已入深秋，而这肃杀的秋风也让人心中凄凉，郁郁寡欢。

"离情被横笛，吹过乱山东"，后两句双句单意，写诗人远离故乡，独自漂泊，思乡之情本已在凄清的自然环境下触发出来，加之凄楚幽怨的笛声，更将这种伤感一层层加深加重。好在随着航程的进行，行船已经转入乱山以东，离吹笛者也越来越远。但是，由笛声触发的离别之情却没有消失，而是随诗人一起转入乱山以东，或许还将陪伴诗人整个航程。

这首诗抓住江上特有的景物，从视觉和听觉角度着笔用力，给人留下极深的印象。特别是末句写法高妙，耐人寻味。

背景

王安石所作《江上》不止一首，本首似为王安石变法失利后退居金陵所作。

名家点评

〔宋〕黄庭坚：荆公暮年作小诗，雅丽精绝，脱去流俗，每讽味之，便觉沉濬生牙颊间。（《后山诗话》）

〔宋〕叶梦得：晚年始尽深婉不迫之趣。（《石林诗话》）

一陂春水绕花身，花影妖娆各占春

北陂杏花

宋·王安石

一陂春水绕花身，花影妖娆各占春。
纵被春风吹作雪，绝胜南陌碾成尘。

注释

陂（bēi）：池塘。
花影：花枝在水中的倒影。

　　纵：即使。

　　绝胜：远远胜过。

　　南陌：指道路边上。

简析

　　这首诗托物言志，寄寓了诗人政治上失意时宁受贬逐也不改变志节的高尚情怀。

　　"一陂春水绕花身，花影妖娆各占春"，前两句写景状物，描绘杏花临水照影的娇媚。首句点明杏花所处地理位置。一池碧绿的春水环绕着杏树，预示着勃发的生机。"绕"字既写陂水曲折蜿蜒，又写水花相依相亲。次句从花与影两个方面写杏花的绰约风姿。满树繁花竞相开放，满池花影摇曳迷离。"妖娆"二字本用于写人，这里移用于杏花，展现了杏花争奇斗妍的照人光彩。一个"各"字，表明在诗人眼中，花与影一样美艳，一样令人流连忘返。

　　"纵被春风吹作雪，绝胜南陌碾成尘"，后两句襃扬北陂杏花品性之美。"春风吹作雪"描绘出了风吹杏树，落英缤纷，似漫天飞雪的景象。"绝胜南陌碾成尘"，写杏花谢后，随风飘散，宛如雪片纷飞，即使落入陂池，也胜过飘零南陌，碾作尘土，遭人践踏。

　　全诗托物言志，既有景物描绘，又有感情抒发，情景交融，意境幽远。

背景

　　这首诗写于王安石变法失败贬居江宁（今南京）之后，是他晚年心境的真实写照。诗人借杏花写自己即使身处逆境也绝不与邪恶势力同流合污的高尚情操。

名家点评

〔清〕吴之振：安石遗情世外，其悲壮即寓闲淡之中。(《宋诗钞初集·临川诗钞序》)

京口瓜洲一水间，钟山只隔数重山

泊船瓜洲

宋·王安石

京口瓜洲一水间，钟山只隔数重山。
春风又绿江南岸，明月何时照我还？

注释

泊船：停船。

瓜洲：古渡口，在今江苏扬州市境内。

京口：亦为渡口，在今江苏镇江市境内，与瓜洲隔江相望。

钟山：紫金山，在今江苏南京市境内。

绿：吹绿，拂绿。

江南岸：江的南岸，诗中指长江以南的地区。

还：回。

简析

诗人寥寥几句间，几乎囊括了整个江南风貌。京口、瓜洲、钟山都是江南名胜，在诗句中被浓缩在了一起，仿佛美景皆是相邻而居，距离甚近。这种手法类似于写意山水，抛弃了远近高低的原则，将景致集中在一块区域，错落有致，层层渲染。

"京口瓜洲一水间，钟山只隔数重山"，诗句写京口、瓜洲只在一水之间，长江的宽广壮阔被刻意地隐藏起来。钟山和瓜洲也只隔着数重山，诗人着重强调标志性景致。"春风又绿江南岸，明月何时照我还"为脍炙人口的名句。长江南岸春日草木青翠，诗人用"绿"字，将春风之活力、江南之生机形象地展现出来，以实景写抽象，生机勃勃，充满意趣。在美妙的景致下，诗人思乡之情越发浓烈，渴望明月护送回到故乡，一波三折，怀乡之意更显深重。

全诗不仅借景抒情，寓情于景，而且在叙事上也富有情致，境界开阔，格调清新。

背景

此诗作于王安石晚期。诗中巧妙地描写了江南春景，表达了怀念故居的深情。

名家点评

〔宋〕洪迈：吴中士人家藏其草，初云"又到江南岸"，圈去"到"，注曰"不好"，改为"过"，复圈而改为"入"，旋改为"满"。凡如是十许字，始定为"绿"。（《容斋随笔》）

六朝旧事随流水，但寒烟衰草凝绿

桂枝香·金陵怀古

宋·王安石

　　登临送目，正故国晚秋，天气初肃。千里澄江似练，翠峰如簇。归帆去棹残阳里，背西风、酒旗斜矗。彩舟云淡，星河鹭起，画图难足。

　　念往昔，繁华竞逐，叹门外楼头，悲恨相续。千古凭高，对此谩嗟荣辱。六朝旧事随流水，但寒烟衰草凝绿。至今商女，时时犹唱后庭遗曲。

注释

　　桂枝香：词牌名。

　　金陵：今江苏南京。

　　登临送目：登山临水，举目望远。送目：远目，望远。

　　初肃：天气刚开始萧肃。肃，萎缩，肃杀，形容草木枯落，天气寒而高爽。

　　千里澄江似练：形容长江像--匹长长的白绢。练，白色的绢。

　　归帆去棹（zhào）：往来的船只。棹，划船的一种工具，形似桨，也可引申为船。

　　斜矗：斜插。矗，直立。

　　悲恨相续：指六朝亡国的悲恨，接连不断。

　　谩嗟荣辱：空叹历朝兴衰。荣：兴盛。辱：灭亡。

　　商女：酒楼茶坊的歌女。

　　后庭遗曲：指歌曲《玉树后庭花》，传为陈后主所作，其辞哀怨绮靡，后人将它看成亡国之音。

简析

上阕叙写登临金陵所见。"正故国晚秋，天气初肃"，指明登临送目的时间——晚秋，烘托肃杀悲秋氛围。"千里澄江似练，翠峰如簇"，描绘了江水澄碧、青山堆叠的金陵风光。残阳西下、西风袭来，来往归帆"酒旗斜矗"，晚秋金陵江上风景令人心醉。"彩舟云淡，星河鹭起"的秀丽绝美的江景，令诗人生发"画图难足"的赞美。

下阕抒发怀古感叹。"念往昔"一句，由登临所见自然过渡到登临所想。"繁华竞逐"涵盖千古兴亡的故事，揭露了金陵繁华表面掩盖着纸醉金迷的生活。紧接着一声叹息，"叹门外楼头，悲恨相续"，嘲讽中深含叹惋。"千古凭高"二句，是直接抒情，凭吊古迹，追述往事，抒发对前代吊古、怀古不满之情。更可悲的是"至今商女，时时犹唱，后庭遗曲"，这几句融化了杜牧的《泊秦淮》中"商女不知亡国恨，隔江犹唱后庭花"的诗意，抒发了诗人深沉的感慨：不是商女忘记了亡国之恨，是统治者的醉生梦死，才使亡国的靡靡之音充斥在金陵的市井之上。

背景

此词大约是王安石出任江宁知府时所作。宋英宗治平四年（1067），王安石第一次任江宁知府，写有不少咏史吊古之作。宋神宗熙宁九年（1076）之后王安石被罢相，第二次出知江宁府。这首词当作于这两个时段之一。

名家点评

〔宋〕张炎：词以意趣为主，要不蹈袭前人语意。如东坡《中秋·水调歌头》（词略）、王荆公《金陵怀古·桂枝香》（词

略）……此数词皆清空中有意趣，无笔力者未易到。(《词源》)

〔明〕张惠言：《桂枝香》登临送目：情韵有美成、耆卿所不能到。(《论词》)

范成大

范成大（1126—1193），字致能，一字幼元，早年自号此山居士，晚号石湖居士，平江府吴县（今江苏苏州）人。南宋名臣、文学家、诗人。范成大素有文名，尤工于诗，风格清新自然。其诗题材广泛，以反映农村社会生活内容的作品成就最高。

青帘闪闪千家静，黄帽亭亭一水横

雪霁独登南楼

宋·范成大

雪晴风劲晚来冰，楼上奇寒病骨惊。
雀啄空檐银笋堕，鸦翻高树玉尘倾。
青帘闪闪千家静，黄帽亭亭一水横。
坐久天容却温丽，一弯新月对长庚。

注释

银笋：屋檐上的冰柱。

玉尘：树上积雪。

黄帽：此处代指船。

简析

　　"雪晴风劲晚来冰，楼上奇寒病骨惊"，突出雪后气温之低。虽然雪已停，天已放晴，但外面的寒风呼啸不止，寒冷刺骨。"雀啄空檐银笋堕，鸦翻高树玉尘倾"，诗人望向窗外，只见麻雀正在屋檐啄食，屋脊上的冰柱纷纷掉落。远处的乌鸦在树上上蹿下跳，引得树上的积雪散落一地。"青帘闪闪千家静，黄帽亭亭一水横"，描写的仍然是远景。远处酒家灯火辉煌，但因为是夜晚，家家户户已经闭门休息，外面听不到声音，只能看见一叶孤舟独自漂浮在水面上。"坐久天容却温丽，一弯新月对长庚"，诗人将视线延长到了天空，发现天空放晴后变得温和美丽，而一轮弯月正缓缓升起，月光温柔地倾泻而下。读之令人悄然出神，心胸澄静。

背景

　　此诗写诗人夜晚登楼赏雪后景致。登高可以壮怀激烈，也可以情思平和温婉，这首诗就描绘出了一种温丽悠然的境界。

名家点评

　　〔清〕纪昀：盖追溯苏黄遗法，而约以婉峭，自为一家，伯仲于杨、陆之间，固亦宜也。(《四库全书总目提要》)

苏轼

苏轼（1037—1101），字子瞻，号东坡居士，眉州眉山（今属四川眉山）人，祖籍河北栾城，北宋文学家、书法家、画家。苏轼是北宋中期的文坛领袖，在诗、词、散文、书、画等方面取得了很高的成就。其诗题材广阔，清新豪健，善用夸张比喻，独具风格，与黄庭坚并称"苏黄"；其词开豪放一派，与辛弃疾同是豪放派代表，并称"苏辛"；其文纵横恣肆，气势雄放。

燕子飞时，绿水人家绕

蝶恋花·春景
宋·苏轼

花褪残红青杏小。燕子飞时，绿水人家绕。枝上柳绵吹又少，天涯何处无芳草。

墙里秋千墙外道。墙外行人，墙里佳人笑。笑渐不闻声渐悄，多情却被无情恼。

注释

花褪残红：指杏花凋败。

柳绵：柳絮。

道：道路。

简析

这是一首描写春景的清新婉丽之作，表现了词人对春光流逝的叹息。

上片写景。"花褪残红青杏小"，开头一句描写的是暮春景象。暮春时节，杏花凋零枯萎，枝头只挂着又小又青的杏子。"燕子飞时，绿水人家绕"，燕子在空中飞来飞去，绿水环绕着一户人家。这两句又描绘了一幅美丽而生动的春天画面。而燕子绕舍而飞，绿水绕舍而流，行人绕舍而走，着一"绕"字，则非常真切。"枝上柳绵吹又少，天涯何处无芳草"，树上的柳絮在风的吹拂下越来越少，春天行将结束，难道天下之大，竟找不到一处怡人的景色吗？柳絮纷飞，春色将尽，固然让人伤感；而芳草青绿，又自是一番境界。苏轼的旷达于此可见。

下片选景独特，笔锋一转，开始描述景物中的人事。"墙外行人，墙里佳人笑"，一墙之隔，构造出一个鲜明隔绝的环境。从墙外行人的视角去看，只能看到墙内飞高的秋千，听到女孩子的笑声，这种距离产生的美感让人联想到墙内必是一位佳人，给人以丰富的想象空间，产生了留白的艺术效果。尾句笑声渐消，行人的愉悦心情也随之渐沉，"多情却被无情恼"，伤春之情又占上风。

全词词意婉转，词情动人，于清新中蕴含哀怨，于婉丽中透出伤情，意境朦胧，韵味无穷。

背景

这首词讲述了一位行人被少女笑声吸引，继而哀怨的过程，新颖别致。有词评家认为是苏轼自伤之作。

名家点评

〔宋〕魏庆之：予得真本于友人处，"绿水人家绕"作"绿水人家晓"。"多情却被无情恼"，盖行人多情，佳人无情耳。此两字极有理趣，而"绕"与"晓"自霄壤也。（《诗人玉屑》）

〔近代〕俞陛云：絮飞花落，每易伤春，此独作旷达语。下阕墙内外之人，干卿底事，殆偶闻秋千笑语，发此妙想，多情而实无情，色是空，公其有悟耶？（《唐五代两宋词选释》）

水光潋滟晴方好，山色空蒙雨亦奇

饮湖上初晴后雨二首（其二）

宋·苏轼

水光潋滟晴方好，山色空蒙雨亦奇。
欲把西湖比西子，淡妆浓抹总相宜。

注释

潋滟：水波闪动荡漾的样子。

方：正。

空蒙：细雨迷蒙的样子。

西子：西施，为古代著名美女。

相宜：合适。

简析

"水光潋滟晴方好"，诗句开篇写水波荡漾，水光闪动，正是晴天。第二句笔锋一转，"山色空蒙雨亦奇"，天气变幻，西湖已是蒙蒙细雨笼罩着了。但西湖晴日"方好"，下雨"亦奇"，日光明媚和烟雨迷蒙各有各的美感。

"欲把西湖比西子"，传说中的西子既有清冷之色又有娇媚之态，将西湖比作西子，比喻巧妙贴切，极有神韵，可见诗人想象力之丰富。"淡妆浓抹总相宜"，将晴雨的天气比作妆容，西湖既有清丽脱俗的时刻，也不失朦胧美，无论如何都是"相宜"的，比喻新奇而不显斧凿之力，仿若信手拈来，佳句天成。晴天之"好"，雨景之"奇"，字里行间足见诗人对西湖的喜爱。

背景

苏轼于宋神宗熙宁四年至七年（1071—1074）任杭州通判，曾写下大量有关西湖景物的诗。这组诗作于熙宁六年（1073），是吟咏西湖的翘楚之作。

名家点评

〔近代〕王文濡：因西湖而忆西子，比喻殊妙。（《宋元明诗评注读本》卷四）

〔近代〕陈衍：遂成为西湖定评。（《宋诗精华录》）

晏几道

晏几道（1038—1110），北宋著名词人。字叔原，号小山，抚州临川（今属江西）人。性孤傲，中年家境中落。与其父晏殊合称"二晏"。词风似父而造诣过之。工于言情，其小令语言清丽，感情深挚，尤负盛名。多写爱情生活，是婉约派的重要代表人物。有《小山词》留世。

可怜便、汉水西东

满庭芳·南苑吹花

宋·晏几道

南苑吹花，西楼题叶，故园欢事重重。凭阑秋思，闲记旧相逢。几处歌云梦雨，可怜便、汉水西东。别来久，浅情未有，锦字系征鸿。

年光还少味，开残槛菊，落尽溪桐。漫留得，尊前淡月西风。此恨谁堪共说？清愁付、绿酒杯中。佳期在，归时待把，香袖看啼红。

注释

歌云梦雨：旧时把男女欢情称作云雨情，歌云梦雨即在歌中梦中重温云雨情。

锦字：用锦织成的文字。此指情人的书信。

征鸿：远飞的大雁。古时有"鸿雁传书"之说。

年光：时光。

绿酒：古时的酒（米酒）新酿成未过滤时，酒面上浮着淡绿色的米渣，故称。

啼红：指红泪，即美人之泪。此处借喻相思之苦。

简析

这是一首思念离人的小词。上阕以"故园欢事"开篇，对仗工整，给人以空间上的无尽想象。深秋时节，词人独自凭栏远望，不由得回忆起过往的欢乐时光，"几处歌云梦雨"，情致缠绵已极。接着，词锋一转，由过往想到现在，曾经欢聚之人此时都如流水一般，各奔东西，不仅如此，还"浅情未有"，久别之后，连音书也渐渐不通了。

如此境况，怎能不让词人自觉"年光还少味"？视线所及，尽是菊花残败，梧桐叶落。曾经的"几处歌云梦雨"，现在只留下"尊前淡月西风"。风是萧瑟秋风，月是凄清淡月。词人满腔愁绪无人可诉，只好借酒消愁，将寂寥之意尽付杯中。好在，词人还有一丝希望，可以期待佳期重来，与离人重逢时，再把今日之相思细诉。

全词由景及情，描写层次丰富，婉约隽永，情感真挚，余韵无穷。

背景

　　本词作于深秋之际，词人抒发了自己在无常世事中的寂寥心情。

名家点评

　　〔清〕陈廷焯：柔情蜜意。（《词则·闲情集》）

云随绿水歌声转，雪绕红绡舞袖垂

鹧鸪天·梅蕊新妆桂叶眉

宋·晏几道

　　梅蕊新妆桂叶眉，小莲风韵出瑶池。云随绿水歌声转，雪绕红绡舞袖垂。

　　伤别易，恨欢迟，惜无红锦为裁诗。行人莫便消魂去，汉渚星桥尚有期。

注释

　　鹧鸪天：词牌名。双调，五十五字，上、下阕各三平韵。

　　小莲：歌女名。

　　瑶池：传说中神仙居所。

　　汉渚（zhǔ）：银河岸边，即牛郎、织女相会之地。

　　星桥：以星为桥，指神话中的鹊桥。

简析

这首词描写了歌妓小莲。上阕主要写小莲貌若天仙，风韵妖娆，歌舞技艺非常高妙。"云随绿水歌声转，雪绕红绡舞袖垂"，词人用行云、流水、飞雪、垂袖等来突出小莲舞姿之美。"绿"和"红"二字，使词句更加鲜明生动。

下阕从离别相思的角度描写小莲的内心世界。别易欢迟，是她的总体感受，所以用作引领。"惜无红锦为裁诗"，言诗篇、信笺无由寄送，其忧愁难以表述。"行人莫便消魂去，汉渚星桥尚有期"，末句劝解行人，不要为此过分悲苦，重逢之日是可以期待的。

背景

此词大约作于宋神宗元丰五年（1082）。词人将赴颍昌许田镇之时，小莲在筵席上唱歌送别，词人作此词。

名家点评

〔宋〕王灼：叔原词，如金陵王、谢子弟，秀气胜韵，得之天然，将不可学。（《碧鸡漫志》）

〔清〕陈廷焯：北宋之晏叔原，南宋之刘改之，一以韵胜，一以气胜，别于清真、白石外，自成大家。（《词坛丛话》）

日日露荷凋绿扇，粉塘烟水澄如练

蝶恋花·庭院碧苔红叶遍

宋·晏几道

庭院碧苔红叶遍。金菊开时，已近重阳宴。日日露荷凋绿扇，粉塘烟水澄如练。

试倚凉风醒酒面。雁字来时，恰向层楼见。几点护霜云影转，谁家芦管吹秋怨。

注释

绿扇：指荷叶。

粉塘：荷塘，因荷花多为粉红色，故称粉塘。

酒面：醉颜。

雁字：雁飞成行，似字形，故称"雁字"。

护霜云：秋冬季节，天空时常出现一种阴云，初似鲤鱼斑，愈积愈浓而终无雨雪，谓之护霜云。

芦管：芦笳，古代乐器，以芦叶为管，声音哀切。

简析

这首词抒发秋怨及怀人之情。上阕以景开篇，庭院之中，苔痕苍翠，红叶似火。映衬着菊花开放，其色如金，色彩丰富而鲜明，生动地描写了斑斓秋色。池塘中带露的荷花、如扇的荷叶已经日渐凋零，唯余池水，澄静如白练，映衬着一带粉墙。不仅写出了秋日特有的景致，更传递出一种萧条清冷之感，为下阕的愁绪做出了铺垫。

下阕之中，词人仍旧委婉含蓄地表达着自己的情感。"试倚凉风醒酒面"，词人独对秋景，借酒消愁，已是醉意昏沉。凉风习习，吹散了些许酒意，抬眼却见楼畔大雁南归，不免更动情肠。古往今来，"雁"都是一个与相思有着深刻联系的意象。然而在此处，词人却赋予它更深一层的含义——大雁尚有归处，而词人孑然一身，流落于世，又能在何处安身呢？酒尚未干，云影流转，暮色四合，远处却又传来凄凉哀怨的笛声，怎能不使人愈发产生愁怨的情绪呢？景中含情，情移于景。在情景的交相融合中，词人含蓄地抒发悲秋之情。

背景

这首词写于秋季，词人借由对深深庭院中秋景的描写，抒发了孤单清冷的愁绪。

名家点评

〔清〕陈廷焯：出语必雅。北宋绝词，自以小山为冠，耆卿、少游皆不及也。（《词则·闲情集》）

〔清〕黄苏：按前面平平叙来，至末二句引入深处，几有"北风其凉"之思矣。云而曰护霜，写得凛栗，此芦管之所以愁怨也。（《蓼园词评》）

黄庭坚

　　黄庭坚（1045—1105），字鲁直，号山谷道人，晚号涪翁，洪州分宁（今江西九江修水县）人，北宋著名文学家、书法家。黄庭坚的诗以唐诗的集大成者杜甫为学习对象，提出了"点铁成金"和"夺胎换骨"等诗学理论，成了江西诗派作诗的理论纲领和创作原则。其诗注重用字，讲究章法，法度严谨，说理细密，对后世的诗歌创作产生了深远的影响。

四顾山光接水光，凭栏十里芰荷香

鄂州南楼书事

宋·黄庭坚

四顾山光接水光，凭栏十里芰荷香。
清风明月无人管，并作南楼一味凉。

注释

　　鄂州：地名，在今湖北省武汉、黄石一带。
　　南楼：楼名，又名安远楼，在今武汉市武昌区蛇山上。

芰：菱角。

简析

这首诗描写的是夏夜登楼眺望的情景。此诗全篇扣住一"凉"字，句句透出清凉韵味，给读者以清幽凉爽的感受。

首句"四顾山光接水光"，写周围山水相接，"山光""水光"带有清透凉意。"凭栏十里芰荷香"，远远望去，十里荷花飘香。夏日的夜晚，闻到淡淡清香，仿佛凉意沁人心脾，让人心生愉悦。

"清风明月无人管"，旷远的天空中，清风、明月任意而行，风吹月照，高楼上的诗人感到凉爽。几种不同的凉意汇聚在一起，形成了笼罩全身的"一味凉"。只是想到风月任性，诗人却无法自由快意地生活，字里行间透露出淡淡的怅惘。

背景

这首诗是黄庭坚被贬鄂州时所作。黄庭坚一生仕途失意，屡遭贬谪，词风也从前期的秀丽婉约转向后期的激昂豪迈。本诗以秋凉为旨，隐约透露出诗人寂寥的心境。

名家点评

〔近代〕陈衍：山谷七言绝句皆学杜，少学龙标（王昌龄）、供奉（李白）者，有之，《岳阳楼》《鄂州南楼》近之矣。(《宋诗精华录》)

半世交亲随逝水，几人图画入凌烟

次元明韵寄子由

宋·黄庭坚

半世交亲随逝水，几人图画入凌烟。
春风春雨花经眼，江北江南水拍天。
欲解铜章行问道，定知石友许忘年。
脊令各有思归恨，日月相催雪满颠。

注释

元明：黄庭坚的哥哥黄大临，字元明。

子由：苏轼的弟弟苏辙，字子由。

交亲：指相互亲近，友好交往。

凌烟：阁名，在唐代长安太极宫内。

经眼：过目。

石友：指志同道合的金石之交，指子由。

忘年：指朋友投契，不计年岁的大小差别。

脊令：一种水鸟，借指兄弟。《诗经·小雅·常棣》："脊令在原，兄弟急难。"

雪满颠：白发满头。

简析

这是一首赠友诗。诗人寓情于景，议论疏朗有致，抒发了壮志难酬的无奈之情。

"半世交亲随逝水，几人图画入凌烟"，首联感叹世事，有时光飞逝而未能建功立业的遗憾。"春风春雨花经眼，江北江南水拍天", 颔联描写春天景物, 花开江涨, 春水生波, 而怀远之情见于言外, 寄托了诗人对友人的离别相思之情。"欲解铜章行问道, 定知石友许忘年", 颈联转入议论, 诗人欲辞官归家学道, 料想子由也一定能赞许, 表达了知己之意。"眷令各有思归恨, 日月相催雪满颠", 诗人再次转笔, 说自己与苏辙都在思念自己的兄长, 但欲归而不得, 只好空自惆怅, 听任时光流转, 催生白发。

背景

这首诗是元丰四年（1081）黄庭坚在吉州太和县（今江西泰和）时所作, 年三十七岁。这时苏辙贬官在筠州（治所在今江西高安）监盐酒税。黄庭坚兄黄元明寄给子由的诗, 起二句说: "钟鼎功名淹管库, 朝廷翰墨写风烟。"黄庭坚次韵作此诗寄子由。

名家点评

〔清〕方东树: 此诗足供揣模取法。(《昭昧詹言》)

秦观

秦观（1049—1100），字少游，一字太虚，别号邗沟居士，江苏高邮人。官至太学博士、国史馆编修。一生坎坷，所写诗词，寄托身世，感人至深，为"苏门四学士""苏门六君子"之一。他长于议论，文丽思深，兼有诗、词、文赋和书法多方面的艺术才能，尤以婉约词驰名于世。

淡烟流水画屏幽

浣溪沙·漠漠轻寒上小楼

宋·秦观

漠漠轻寒上小楼，晓阴无赖似穷秋。淡烟流水画屏幽。
自在飞花轻似梦，无边丝雨细如愁。宝帘闲挂小银钩。

注释

漠漠：广漠而沉寂的样子。
轻寒：微微寒冷。
晓阴：阴沉的早上。
穷秋：暮秋。

小银钩：古时帘幕以挂钩挂起，小银钩即挂起帘幕的银制挂钩。

简析

开篇"漠漠轻寒"，点明环境的清幽料峭，"似穷秋"，将春寒比作暮秋，是少见的新奇之语。"无赖"则将微寒的早晨拟人化，给人以贴切的感受。"淡烟流水画屏幽"一句，意境典雅清新，充满朦胧美，又与微寒清冷的天气相映衬，更显清幽迷离。

下片"自在飞花轻似梦，无边丝雨细如愁"是本篇中的名句，词人移情于景，将景致比作情感，反其道而行之，比喻新颖。而飞花清梦、丝雨细愁，选词婉约蕴藉，情思绵绵不尽。"宝帘闲挂小银钩"，尾句亦是精巧妍丽，总结全词，"闲挂"点明全词的愁绪都是"闲愁"，是伤春惜春的情怀，与前文联系紧密，一气呵成。

背景

这首词描写了一位女子的闺中春怨，其中"自在飞花轻似梦，无边丝雨细如愁"一句广受好评，传诵不绝。

名家点评

〔明〕沈际飞：后叠精研，夺南唐席。(《草堂诗余续集》)

〔近代〕俞陛云：清婉而有余韵，是其擅长处。(《唐五代两宋词选释》)

柔情似水，佳期如梦，忍顾鹊桥归路

鹊桥仙·纤云弄巧

宋·秦观

纤云弄巧，飞星传恨，银汉迢迢暗度。金风玉露一相逢，便胜却人间无数。

柔情似水，佳期如梦，忍顾鹊桥归路。两情若是久长时，又岂在朝朝暮暮。

注释

纤云：轻盈缥缈的云彩。

飞星：流动的星辰。

银汉：银河。

金风玉露：指七夕的凉风和露水。

忍顾：不忍回头看。

简析

本词上片为相聚，下片为离别，明写天上牛郎织女，暗指人间相恋的爱人。相聚之前，云彩变幻，星辰传情。相聚之时，悄悄渡过银河，爱侣重逢，欢喜不尽。"金风玉露一相逢，便胜却人间无数"，化用李商隐"金风玉露"之词，将情侣相会描述得缠绵而不俗，甚是高尚清逸。

下片首句承上启下，亦是相会的愉悦快乐。只是相逢短暂，又要迎来漫长的离别和等待，牛郎织女不忍回顾，象征情侣离别时的不舍。"两情若是久长时，又岂在朝朝暮暮"，末尾二句笔锋突变，一扫离愁别绪的伤感，指出真挚的爱情不只是朝朝暮暮的相伴，格调甚高，传达出爱情的长久和坚贞。

背景

这首词是秦观词中的代表作。历来吟诵牛郎织女的爱情诗词多讲别离之苦、欢聚之短，此词立意新颖，反而认为"两情若是久长时，又岂在朝朝暮暮"，成为吟咏爱情坚贞的名句。

名家点评

〔清〕黄苏：七夕歌以双星会少别多为恨，少游此词谓两情若是久长，不在朝朝暮暮，所谓化臭腐为神奇。凡咏古题，须独出心裁，此固一定之论。少游以坐党被谪，思君臣际会之难，因托双星以写意，而慕君之念，婉恻缠绵，令人意远矣。（《蓼园词选》）

碧水惊秋，黄云凝暮，败叶零乱空阶

满庭芳·碧水惊秋

宋·秦观

碧水惊秋，黄云凝暮，败叶零乱空阶。洞房人静，斜月照徘徊。又是重阳近也，几处处、砧杵声催。西窗下，风摇翠竹，疑是故人来。

伤怀，增怅望，新欢易失，往事难猜。问篱边黄菊，知为谁开？谩道愁须殢酒，酒未醒、愁已先回。凭阑久，金波渐转，白露点苍苔。

注释

洞房：深邃的内室。

砧杵：捣衣。砧，捣衣石。杵，捣衣棒。

谩道：徒说。

㑳：困扰，沉溺。

金波：指月光。

简析

词人以写景开篇，"碧水惊秋，黄云凝暮"，"惊""凝"二字一动一静，沉着有力，精准地描摹出时序变迁之景。"败叶零乱空阶"，台阶上有零乱的黄叶堆积，烘托出秋季万物凋残的衰飒气氛，也侧面点出了词人此时此地的心境。"洞房人静，斜月照徘徊"，"人静"，而心不静，词人心思零乱，在斜月之下徘徊不定，陷入了无尽的沉思。

"又是重阳近也，几处处、砧杵声催"，一个"又"字道出了诗人漂泊异乡的感慨，年复一年，又到砧杵声声的"授衣"时节。词人心中的故园之思被秋景秋声所催，更显悲凉。"疑是故人来"一句，化用李益诗句"开门风动竹，疑是故人来"，点明了全词主旨，是借景怀人的情思。

下阕以情直入，"新欢易失，往事难猜"两句，将词人的万千思绪浓缩于八字之中，是婉约词风的直接体现。宋哲宗绍圣初年，以苏轼等为核心的元祐党人遭遇贬斥。好友故旧在政治中纷纷离散，词人体会到了世态炎凉，风波难测，空余怅惘之情，无力再多思往事。

"问篱边黄菊，知为谁开？"颇有"念桥边红药，年年知为谁生"之意，花自开自落，何曾为谁？词人的无限心酸之情，也只能付与酒中，然而"谩道愁须㑳酒，酒未醒、愁已先回"。

所谓"举杯消愁愁更愁",是词人低落又无奈心情的写照。"金波渐转,白露点苍苔",以景语作结,也描述了词人独自凭栏,直至月光流转的情景。

本词情感深挚而不失含蓄,以景写情,融情入景,显示出不凡的艺术功力。

背景

秦观为官时因政治上倾向于旧党,被视为元祐党人,绍圣后贬谪。此词一说为他被流放因思恋故国所作,另一说为他晚年谪居后而作。

名家点评

〔明〕李攀龙:托意高远,措词洒脱,而一种秋思,都为故人。辗转诵者,当领之言先。(《草堂诗余隽》)

〔清〕黄苏:亦应是在谪时作。"风摇"二句,写得蕴藉,非故人也。风也,能弗黯然?"酒未醒、愁已先回",意亦曲而能达。结句清远。(《蓼园词选》)

〔清〕陈廷焯:《满庭芳》诸阕,大半被放后作,恋恋故国,不胜热中。其用心不逮东坡之忠厚,而寄情之远,措词之工,则各有千古也。(《词则·大雅集》)

周邦彦

周邦彦（1057—1121），字美成，号清真居士。钱塘（今浙江杭州）人。通音律，尤擅长调，词作多写男女之情和羁旅之思，词风雄浑，长于铺陈。周邦彦在词史占有重要地位，被后世誉为"词中老杜"。著有《清真居士集》，《全宋词》收其词一百八十余首。

叶上初阳干宿雨，水面清圆，一一风荷举

苏幕遮·燎沉香
宋·周邦彦

燎沉香，消溽暑。鸟雀呼晴，侵晓窥檐语。叶上初阳干宿雨，水面清圆，一一风荷举。

故乡遥，何日去？家住吴门，久作长安旅。五月渔郎相忆否？小楫轻舟，梦入芙蓉浦。

注释

燎：点燃，细焚。

溽暑：盛夏的暑湿之气。

侵晓：天快明的时候。

清圆：清亮浑圆，指荷叶。

吴门：指词人的家乡吴郡。

芙蓉浦：荷花塘，即西湖。

简析

"燎沉香，消溽暑"，开篇写焚香消暑，点明是夏日。不直写天气初晴，而写"鸟雀呼晴，侵晓窥檐语"，生动传神，别有意趣。"叶上初阳干宿雨，水面清圆，一一风荷举"，是本篇中的名句，以清新细腻的手法描绘出荷叶的亭亭玉立之美，"举"字将荷叶写出了动感，用词十分精妙。

下片述情，从眼见的实景转向故乡的虚景。词人久居长安，钱塘的秀丽风光让词人十分想念。"五月渔郎相忆否"，不是词人思乡，而是家乡想念词人，反写的笔法使格调更上一层。尾句以梦为终，"梦入芙蓉浦"，虚实结合，乡愁绵绵不尽。

背景

这是宋代词人周邦彦的名作。词人久居长安，对家乡甚是思念。雨后初晴，荷花绽放，勾起了词人的思乡之情，因而作下此词。

名家点评

〔清〕周济：上阕，若有意，若无意，使人神眩。(《宋四家词选》)

〔清〕陈廷焯：不必以词胜，而词自胜。风致绝佳，亦见先生胸襟恬淡。(《云韶集》)

〔近代〕王国维："叶上初阳干宿雨，水面清圆，一一风荷举"，此真能得荷之神理者，觉白石《念奴娇》《借红衣》二词，犹有隔雾看花之恨。(《人间词话》)

朱敦儒

朱敦儒（1081—1159），字希真，号岩壑，人称洛川先生。河南府洛阳（今属洛阳）人。曾任兵部郎中、临安府通判、两浙东路提点刑狱等职。其诗词婉丽清畅，有"词俊"之名，与"诗俊"陈与义等并称为"洛中八俊"。有词集《樵歌》。

我是清都山水郎，天教分付与疏狂

鹧鸪天·西都作
宋·朱敦儒

我是清都山水郎，天教分付与疏狂。曾批给雨支风券，累上留云借月章。

诗万首，酒千觞。几曾着眼看侯王？玉楼金阙慵归去，且插梅花醉洛阳。

注释
西都：洛阳为宋朝西京，故称西都。
清都：传说中天帝居住的地方。
山水郎：传说中专司山水的天官。
疏狂：狂放、豪迈。

累：数次，多次。

觥：盛酒器。

慵：懒散。

简析

本词通过狂放不羁的口吻、极度夸张的辞藻，写出了看破世事、归隐山林的心境，抒发了词人的胸怀和理想。

"我是清都山水郎，天教分付与疏狂。"上阕写虚，通过夸张的语句，写出"我"是由上天所任命的专司山水的天官，连上天都"分付"要"疏狂"，怎么能不让人心生向往？用词用语可见一斑。"曾批给雨支风券，累上留云借月章"，对仗工整，将上句中虚拟的官职的真实功用，通过叙述描写得非常详细。"曾"对"累"，"给雨"对"留云"，动词、名词的用法非常考究，充分表现了词人扎实又富有想象力的文字功底。

"诗万首，酒千觥。几曾着眼看侯王？"下阕写实，"万""千"无疑都是夸张的描述，但结合下句"几曾着眼看侯王"，却又显得那么值得信服。"几曾"带着藐视，"着眼"代表高傲，将词人的狂放描写得淋漓尽致。"玉楼金阙慵归去，且插梅花醉洛阳"，"慵"写懒散，用不经意的一个字写出词人的心境。"醉"写豪情，用不逢迎的姿态表达心扉，两句勾勒出一个狂生形象，却又情有可原。

背景

朱敦儒性格狂放不受约束，曾受宋钦宗召见，欲授以学官。敦儒辞曰："麋鹿之性，自乐闲旷，爵禄非所愿也。"固辞不受。这首词作于他从京师返回洛阳路上。

名家点评

〔宋〕周必大：朱希真诗词，独步一世，致仕居嘉禾，秦丞相欲令希真教秦伯阳作诗，遂落致仕，除鸿胪少卿，盖久废之官也。蜀人武横作诗讥之："少室山人久挂冠，不知何事到长安。如何纵插梅花醉，未必王侯着眼看。"(《二老堂诗话》)

〔宋〕黄升：以词章擅名，天资旷远。(《绝妙词选》)

〔现代〕吴世昌：自然纯熟，古今罕匹。(《词林新话》)

李清照

李清照（1084—约1155），号易安居士，齐州济南（今山东济南）人。宋代女词人，婉约词派的重要代表人物。李清照工诗善文，尤擅长词。她论词强调协律，崇尚典雅，提出词"别是一家"之说，反对以作诗文之法作词。其词前期多写其闺中悠闲生活，后期多悲叹身世，情调感伤。形式上善用白描手法，语言清丽。李清照的词在群花争艳的宋代词苑中，独树一帜，自名一家，人称"易安体"。

花自飘零水自流

一剪梅·红藕香残玉簟秋

宋·李清照

红藕香残玉簟秋。轻解罗裳，独上兰舟。云中谁寄锦书来，雁字回时，月满西楼。

花自飘零水自流。一种相思，两处闲愁。此情无计可消除，才下眉头，却上心头。

注释

红藕：指夏日红艳的荷花。

玉簟：光滑如玉的竹席。

锦书：代指书信。

雁字：群雁飞行常以一字或人字排开，诗中代指大雁。

简析

这首词描述了相思的几个场景，场景转换之间，相思之愁层层加深，最后涌上心头，情、景的交融毫不矫饰造作，凝结出浑然天成的美感。

上阕写怀远念旧。"红藕香残玉簟秋"，荷花凋谢，竹席微凉，开篇即有秋日的气氛。全句景色清秀，意象深远。"轻解罗裳，独上兰舟"两句，写词人满怀心事，泛舟河上。"独上"二字，说明是独自一人。"云中谁寄锦书来"，直写相思之情。"雁字回时，月满西楼"，情景交融，营造出迷离的意境，使人暗生愁绪。

下阕写离愁之深。"花自飘零水自流"，呼应上片的"红藕香残"。词人与丈夫的相思分隔两地，造就了"两处闲愁"。相思之情难以消解，"才下眉头，却上心头"，描绘出一幅形象逼真的仕女画卷，端庄的仕女静坐在窗边，思念着远方的丈夫，眉间微蹙，传递出无限愁思和怅惘。

背景

此词为李清照晚期作品，李清照与丈夫赵明诚感情甚笃。此词作于李清照与丈夫分别之后，寄托了对丈夫缠绵深切的思念之情。

名家点评

〔明〕王世贞：李易安"此情无计可消除，才下眉头，却上心头"可谓憔悴支离矣。（《弇州山人词评》）

〔明〕李廷机：此词颇尽离别之情，语意超逸，令人醒目。（《草堂诗余评林》）

手种江梅更好，又何必、临水登楼

满庭芳·小阁藏春

宋·李清照

小阁藏春，闲窗锁昼，画堂无限深幽。篆香烧尽，日影下帘钩。手种江梅更好，又何必、临水登楼。无人到，寂寥浑似，何逊在扬州。

从来，知韵胜，难堪雨藉，不耐风揉。更谁家横笛，吹动浓愁。莫恨香消雪减，须信道、扫迹情留。难言处，良宵淡月，疏影尚风流。

注释

满庭芳：词牌名。

篆香：对盘香的喻称。

江梅：此指梅中上品，非泛指江畔、水边之梅。

浑似：完全像。

韵胜：优雅美好。

难堪雨藉：难以承受雨打。

扫迹：原意谓扫除干净，不留痕迹。此处系反其意而用之。

简析

词的开头"小阁藏春，闲窗锁昼，画堂无限深幽"，描绘出了一个特殊的抒情环境。"小阁"即小小的闺阁，这是女子的内寝；"闲窗"表示内外都是娴静的。"藏"与"锁"互文见义。美好的春光和充满生气的白昼，恰恰被藏锁在这个狭小而娴静的闺阁中。"深幽"极言其堂的狭长、暗淡。"篆香烧尽，日影下帘钩"，古人爱雅洁之人都喜焚香，它的烧尽，表示整日的时光都已经流逝了，而日影移上帘箍即说明黄昏将近。"手种江梅渐好"是词意的转折，开始进入咏物。"无人到，寂寥浑似，何逊在扬州"，上阕的结尾，由赏梅联想到南朝文人何逊迷恋梅花的事，词人在寂寞的环境里面对梅花，与文人何逊产生了共鸣。

词的下阕联系个人身世，抒发对梅命运的深深同情。"从来，知韵胜"，是词人给予梅花的赞美之词。"韵"是风韵、神韵，是形态与品格美的结合。"难堪雨藉，不耐风揉"，梅虽不畏寒冷霜雪，但它毕竟是花，仍具花之娇弱特性，因而也难以经受风雨的践踏摧损。又由落梅联想到古曲《梅花落》，不由得生出些许闲愁。"难言处，良宵淡月，疏影尚风流"，"难言处"是对下阕所表达的复杂情感的概括。"良宵淡月，疏影尚风流"突出了梅花格调意趣的高雅，使全词的思想达到了一个新的高度。它赞美了一种饱经苦难折磨之后，仍孤高自傲，对人生存有信心的精神品格。

背景

此词为李清照前期的作品。这首咏梅词，借梅花清瘦高雅之趣，写个人情思，堪称咏梅词中的佳作。

陆游

陆游（1125—1210），字务观，号放翁，越州山阴（今绍兴）人，南宋爱国诗人。历任福州宁德县主簿、敕令所删定官、隆兴府通判等职，因坚持抗金，屡遭主和派排斥。陆游性格豪放，胸怀壮志，在诗歌风格上追求雄浑豪健，形成了气势奔放、境界壮阔的诗风。其诗语言平易晓畅，章法整饬谨严，在南宋诗坛上占有重要的地位。

正遣清诗觅菊栽，穿云涉水又寻梅

梅村野人家小憩

宋·陆游

正遣清诗觅菊栽，穿云涉水又寻梅。
万牛不挽新愁去，一鸟还惊午梦回。
老愧逢人说幽愤，穷能随事学低摧。
江边漂母何为者？无食王孙未易哀。

注释

梅村：即梅市乡。

幽愤：郁结的怨愤。

低摧：低首摧眉，形容劳瘁的样子。

江边漂母："漂母"这个典故出自《史记·淮阴侯列传》。韩信年少家贫，受餐于漂母，及其达志以后，投千金以为报答。

无食王孙：指韩信。

简析

"正遣清诗觅菊栽，穿云涉水又寻梅"，诗开篇点明了时节，诗人尚且沉浸于菊花的诗意之中，梅花却已盛开。在寒冷的冬季，诗人感慨万千。午夜梦回之中，新愁旧恨难以尽数。"老愧逢人说幽愤"一句，抒发了极为复杂的情感。诗人内心有多少愤怒忧思急于倾吐，开口之后，却反觉愧悔。自己的一生屡遭挫折，壮志难酬，难道只剩下诉说低沉情绪一件事情可做？世路穷途，使人学会低首摧眉，然而诗人心中深藏的志向，始终未尝更改。

"江边漂母何为者？无食王孙未易哀。"尾联中使用了《史记》中"漂母饭信"的典故。诗人用此典故，可谓意味深长。虽然处境艰难，仍然有"无食王孙未易哀"的乐观精神，恰如梅花不畏严寒，仍旧灿烂盛开。这是诗人"僵卧孤村不自哀，尚思为国戍轮台"之坚定信念的延续，也是贯穿其生命始终的理想和坚持。

背景

本诗为嘉定元年（1208）冬季，陆游于山阴所作。

名家点评

〔清〕陈訏：放翁一生精力尽于七律，故全集所载最多、最佳。（《唐宋诗醇》）

縠縠水纹生细縠,蜿蜒沙路卧修蛇

西村
宋·陆游

湖塘西去两三家,杖履经行日欲斜。
縠縠水纹生细縠,蜿蜒沙路卧修蛇。
旱余虫镂园蔬叶,寒浅蜂争野菊花。
老去郊居多乐事,脱巾未用叹苍华。

注释

縠:指水波粼粼的样子。
苍华:指头发花白。

简析

这首七律诗描写了乡间的秋日美景。

"湖塘西去两三家,杖履经行日欲斜",首联中,诗人沿着池塘拄杖而行,悠然自得。渐斜的夕阳之下,缓步经过两三家乡居,想必是鸡犬相闻的安适景象。"縠縠水纹生细縠,蜿蜒沙路卧修蛇",颔联写诗人目之所见。抬眼望去,水波在微风之中荡出细细波纹,小路蜿蜒如同曲蛇卧于沙土之上。此情此景,不由让人一洗俗尘。

"旱余虫镂园蔬叶,寒浅蜂争野菊花",颈联写乡居生活的农耕之事。虫子啃噬菜叶,天尚未寒,仍有蜜蜂围着野菊花嗡嗡飞行。这些再寻常不过的小事,在诗人笔下,也蕴含着一种别样的情致,令人心生向往。

这其中的缘由,诗人在尾联之中点明了。"老去郊居多乐事"，陆游的一生是坎坷不平的，诗人心中常怀悲愤。然而时光流逝，在年老之时，乡间平凡安宁的生活在诗人眼中却是值得珍惜的欢乐时光。"脱巾未用叹苍华"，尽管发鬓斑白，然而当此情景，又何须慨叹呢？

全诗落笔清新，虽写俗物却不落俗套，可谓别具匠心。

背景

嘉泰元年（1201），诗人在山阴描写西村清新优美的自然景象，赞叹乡居之乐，抒发无限喜悦之情。

山重水复疑无路，柳暗花明又一村

游山西村

宋·陆游

莫笑农家腊酒浑，丰年留客足鸡豚。
山重水复疑无路，柳暗花明又一村。
箫鼓追随春社近，衣冠简朴古风存。
从今若许闲乘月，拄杖无时夜叩门。

注释

腊酒：腊月酿造的酒。

鸡豚：鸡和猪。

箫鼓：箫与鼓，代指乐声。

春社：中国传统民俗节日，立春之后祭祀土地神。

若许：如果能够，如果可以。

简析

这是一首朴实自然的山村游记诗。

"莫笑农家腊酒浑，丰年留客足鸡豚"，首联写村中新年刚过，今年是作物丰收的年份，家家喜悦，村民热情好客，端出了腊酒、肉让诗人尽情享用。虽然腊酒不及京中清酒甘洌，菜品也不如京中精致，但村民们热情真挚的心灵让诗人分外感动。

"山重水复疑无路，柳暗花明又一村"，村落处在群山环抱之间，山路崎岖，好像无路可走，忽然间看到了柳枝野花，已经到了新的地方。从山到村的风景变化，也象征着诗人的心境变化。这两句诗富有理趣，寄寓着人生追求中当锲而不舍、坚持到底的意蕴。

"箫鼓追随春社近，衣冠简朴古风存"，写节日欢乐气氛弥散在村中，村民们衣着简朴，尚保存着古代的淳朴风俗。"从今若许闲乘月，拄杖无时夜叩门"，诗人幻想之后可以远离官场，生活在简朴的山野之中，粗茶淡饭，闲适安逸，展现出诗人归隐的志趣和向往。

背景

此诗为陆游所作的名篇之一，作于宋孝宗乾道三年（1167），其中"山重水复疑无路，柳暗花明又一村"一联广为传诵。诗人此时刚被免官还乡，苦闷之际路经山西村，看到农家质朴欢乐的春日景象，兴奋之余写下此诗，展现出摆脱官场、豁达开阔的胸怀。

名家点评

〔清〕方东树：以游村情事作起，徐言境地之幽，风俗之美，愿为频来之约。(《昭昧詹言》)

朱熹

朱熹（1130—1200），字元晦，号晦庵，晚号晦翁，别称紫阳先生。徽州婺源（今属江西）人，后迁至建阳（今属福建）。南宋著名理学家、思想家、哲学家、教育家和文学家，是孔孟之后杰出的儒学大师。朱熹著述丰富，其诗文多从寻常自然景象中感悟哲理，富有理趣，风格净秀。有《晦庵先生文集》等。

胜日寻芳泗水滨，无边光景一时新

春日

宋·朱熹

胜日寻芳泗水滨，无边光景一时新。
等闲识得东风面，万紫千红总是春。

注释

胜日：指亲友相聚或风光美好的日子。
寻芳：指春游踏青。
泗水：水名，源于山东曲阜。
等闲：平常，随便。

简析

这是一首咏春诗，描写了春天万物复苏的场景，同时又寄托了诗人对"大道"的追寻，并寄予了极深的期望。

"胜日寻芳泗水滨，无边光景一时新。"诗人带着"寻芳"的心情而来，不觉间在水滨看到了一片生意盎然的"无边光景"，顿时心潮澎湃，为春天的风光所打动。"一时"两字描写了春天的景，好像瞬间涌出了无边春色，又好像这"新"是浑然天成，充满自然、洒脱的意味。

"等闲识得东风面，万紫千红总是春。"这轻柔的春风给大地带来一片生机，又让花草不断绽放。从春风的无声润物，联想到红绿间蕴含着的春意，让诗人不禁感叹："这就是春天啊！""等闲"二字，写得轻巧，读着也愉悦，却将春天之美描绘了出来，使人们从天地、花草、万物中领略春天的真谛。

全诗似乎蕴含着一种不容质疑的哲理：总有一种让人无法忘怀的永恒在万物的背后默默地运行着。"春风"暗喻这种规律和真理，无声之间推动着万物的生长。

背景

这首诗作于南宋，彼时泗水尚为金人占据，因此作者并未亲身到达此地。

名家点评

〔清〕洪力行：渊明延目清沂，先生寻芳泗水，皆有"圣贤去人，其间亦迩"意思。徒解作流连光景，尚未识此中真趣也。如何唤做春风面？曰："动植各生遂，德容自清温。"（《朱子可闻诗集》）

辛弃疾

辛弃疾（1140—1207），字幼安，号稼轩，历城（今山东济南）人。南宋豪放派词人，与苏轼合称"苏辛"，与李清照并称"济南二安"。其词题材广泛，艺术风格多样，以豪放为主，风格沉雄豪迈又不乏细腻柔媚之处。有词集《稼轩长短句》等传世。

好都把轩窗临水开

沁园春·带湖新居将成

宋·辛弃疾

三径初成，鹤怨猿惊，稼轩未来。甚云山自许，平生意气；衣冠人笑，抵死尘埃。意倦须还，身闲贵早，岂为莼羹鲈脍哉？秋江上，看惊弦雁避，骇浪船回。

东冈更葺茅斋。好都把轩窗临水开。要小舟行钓，先应种柳；疏篱护竹，莫碍观梅。秋菊堪餐，春兰可佩，留待先生手自栽。沉吟久，怕君恩未许，此意徘徊。

注释

带湖：信州府城北灵山脚下，今江西上饶市。

三径：指归隐者的居所。

鹤怨猿惊：表达出急切归隐的心情。

稼轩：辛弃疾，号稼轩。

甚：正是。

云山：农村。

意气：神态。这里指志气。

衣冠人：上层或高贵的人物。

抵死：终究，毕竟。

意倦须还：这里指退隐回家。

莼羹鲈脍：美味。

葺（qì）：用茅草覆盖房顶，泛指修理房屋。

先生：是下人对辛弃疾的称呼。

简析

　　力主抗金、收复中原，一直是辛弃疾的主张，但却始终得不到南宋统治集团的采纳。料想到自己在不久的将来可能要被贬斥，他不由思绪万千，万般踌躇，新居将成之时，遂作此词。

　　上阕主要写词人想要归隐的原因。首句开门见山，顺题而起。"三径初成"，日后栖身有所，词人于失意之中亦露几分欣慰。不过这层意思，作者并没有直白地一语道出，而是写"鹤怨猿惊，稼轩未来"，以带湖的仙鹤老猿埋怨惊怪其主人的迟迟不至，曲折吐露。"鹤怨猿惊"出于南齐孔稚珪《北山移文》。不同的是，孔稚珪是以昔日朝夕相处的鹤猿惊怨周颙隐而复仕，辛弃疾用此典却反其道而行之，假设即将友好伴处的鹤猿怨自己仕而不归。"甚云山自许，平生意气；衣冠人笑，抵死尘埃。""尘埃"意指尘世，词人认为其志向不在仕宦，而在云山，既然如此，又何须在这尘世中为官，遭人耻笑呢？"意倦须还，身闲贵早，岂为莼羹鲈脍哉？"作者认为自己现在早已"意倦"，所以更要早日离开这个尔虞我诈的黑暗官场。"贵早"二字既呼应上文归乡的急切，也引出下文写词人内心的真实想法。"秋江上，看惊弦雁避，骇浪船回。"作为一位爱国志士，他之所以盼望早日归隐，不是因为想要享受安逸，而是因为他似乎预感到自己将遭受他人的排挤和迫害，所以才想像大雁听到弦响、船儿遇到风浪一样避开，以躲避危险。

下阕则继续围绕"新居将成"这一背景，对带湖新居的景象和未来的生活进行描写。诗人对于自己的新居装饰要求很高。要在东冈修葺一座茅顶书斋，窗子要临水而开；要先种上一些柳树，方便以后在水边垂钓；秋菊、春兰这些也都是必不可少的，但要留着词人自己来栽培。写竹、梅、菊、兰，不仅表现了词人的生活情趣，更喻指词人的为人节操。竹、梅，是"岁寒三友"之二物，竹经冬而不凋，梅凌寒而怒放。"沉吟久"足以表达出词人此刻内心的矛盾与挣扎。"怕君恩未许"，作为一个看透官场的人，辛弃疾固然想要归隐山林，可是作为一个怀着赤诚之心的爱国词人，他却又不忍看到自己壮志未酬。因此，"此意徘徊"，词人在出世与入世之间矛盾着、徘徊着。

综观全词，对心理的描写无处不在。上阕以景入情，透露了词人的思归情感；下阕则把写景作为叙事的铺垫或烘托，描绘词人对未来生活的设想。看似二者之间相对独立，但结尾的"沉吟久"含蓄而真实地表露出了他此刻内心的矛盾和挣扎。由此，也可看出词人内心对壮志未酬的不甘。

背景

　　这首词写于宋孝宗淳熙八年（1181），辛弃疾时年四十二岁，在江西路安抚使任上。辛弃疾自渡江以来，力主抗金，收复中原，但朝廷无此意，不加重用，使得他壮志难酬，一生屡遭贬斥。辛弃疾对江西的地理山川比较熟悉，因而选中了上饶的带湖一带，修建了新居，作为将来退隐之处，取名为"稼轩"，并自号为"稼轩居士"，以示去官务农之志。这年新居已基本建成，于是写了这首词。

名家点评

　　〔清〕陈廷焯：抑扬顿挫。急流勇退之情，以温婉之笔出之，姿态愈饶。（《词则·放歌集》）

刘过

刘过（1154—1206），字改之，号龙洲道人，吉州太和（今江西泰和县）人。词风与辛弃疾相近，抒发抗金抱负狂逸俊致，与刘克庄、刘辰翁享有"辛派三刘"之誉，又与刘仙伦合称为"庐陵二布衣"，也工于诗，古体、律诗兼备。诗多悲壮之调。

聚散匆匆，云边孤雁，水上浮萍

柳梢青·送卢梅坡

宋·刘过

泛菊杯深，吹梅角远，同在京城。聚散匆匆，云边孤雁，水上浮萍。

教人怎不伤情？觉几度、魂飞梦惊。后夜相思，尘随马去，月逐舟行。

注释

泛菊：饮菊花酒。泛，漂浮。
吹梅：吹奏《梅花落》曲调。

　　"尘随"二句：化用唐苏味道《正月十五夜》诗句："暗尘随马去，明月逐人来。"

简析

　　这是一首抒写离情的词。

　　上阕写离别之苦。"泛菊杯深，吹梅角远，同在京城。"分别之时，词人回忆旧日同在京城之时与友人欢聚的情景。"深"和"远"形象地描述出二人饮酒时的酣畅淋漓和共赏悠远笛曲时的快乐心情。前三句仅仅十二字，不费笔墨就清楚地描写了与友人过往交游的情景，足见词人在遣词造句方面的造诣。"聚散匆匆"一句承上启下，词人笔锋一转，由"聚"的美好回忆转入"散"的现实。"云边孤雁，水上浮萍"，借景喻人，表现了词人对此一别之后，两人便如孤雁浮萍，此句生动地描写了送别友人的复杂心情。

　　下阕直抒胸臆，写别后之思。"教人怎不伤情？觉几度、魂飞梦惊。"黯然销魂者，唯别而已矣。与好友分别后，词人失魂落魄，甚至辗转反侧，无法入眠。他希望在梦中见到好友，又害怕梦醒时要再次面对离别。末尾三句的情感再深一层，设想友人远行情景，又化用苏味道《正月十五夜》中"暗尘随马去，明月逐人来"之意，以"尘"和"月"比喻神魂相随之情，言简而意笃，情致深切。

背景

　　这首词是为送别卢梅坡而作。卢梅坡是诗人的好友，二人曾同游杭州。分别时，词人为了感怀与卢梅坡的交往和友谊，写下这首《柳梢青》。

名家点评

〔清〕刘熙载：狂逸之中，自饶俊致，虽沉着不如稼轩，足以自成一家。(《艺概》)

马致远

马致远（约1251—1321），字千里，号东篱，大都（今北京）人。早年生活坎坷，屡试不第，四十多岁才考中进士。曾在江浙一带做官，不甘屈居下僚，遂致仕隐居。马致远是元代著名的戏曲家、散曲家、杂剧家，与关汉卿、郑光祖、白朴并称"元曲四大家"。有《东篱乐府》等存世。

枯藤老树昏鸦，小桥流水人家，古道西风瘦马

天净沙·秋思
元·马致远

枯藤老树昏鸦，小桥流水人家，古道西风瘦马。夕阳西下，断肠人在天涯。

注释

昏鸦：黄昏时的乌鸦。
瘦马：消瘦的马匹。
断肠：形容伤心。

简析

本词描写了秋日的景象，通过几处形象的景物描写，将秋季萧索、寂寞的情景描写得生动形象，让人因景生情，因秋日生惆怅，绘出了一幅凄婉的秋日画卷。

"枯藤老树昏鸦，小桥流水人家。"十二个字描写了六种事物，分别概以"枯""老""昏""小"等形容词，将事物内在的寂寞景象，通过几个词进行了烘托和升华，平日见惯的事物仿佛也具有了不同的意味，更加让人心生惆怅。

"古道西风瘦马。夕阳西下，断肠人在天涯。"与前文相同，十六个字描写了六种事物，也同样用带有凄凉意味的词进行描述，"古""瘦""断肠"几字，勾勒出了词人所处的环境。

全词描写秋景，常用的落叶、秋风、萧索等字眼均未出现，却获得了同样的秋日感受。同时，由于词中嵌入了多种景物，让整个小令看起来充满画面感，读毕，一幅秋日寂寞旅客远行景象跃然纸上，也让词人离别寂寥的忧伤情绪弥漫全文，格外打动人心。

背景

马致远一生漂泊不定，未曾得志，郁郁之间也穷困潦倒，此词作于流浪途中，描绘出凄婉、悲凉的秋日场景。

名家点评

〔元〕周德清：秋思之祖。(《中原音韵·小令定格》)

〔明〕王世贞：景中雅语。(《曲藻》)

〔近代〕王国维：寥寥数语，深得唐人绝句妙境。有元一代词家，皆不能办此也。(《人间词话》)

杨基

杨基（1326—1378），字孟载，号眉庵，元末明初诗人。杨基诗风清俊纤巧，其中五言律诗《岳阳楼》境界开阔，时人称其为"五言射雕手"。杨基与高启、张羽、徐贲为诗友，时人称为"吴中四杰"。

水晶帘外娟娟月，梨花枝上层层雪

菩萨蛮·水晶帘外娟娟月

明·杨基

水晶帘外娟娟月，梨花枝上层层雪。花月两模糊，隔帘看欲无。

月华今夜黑，全见梨花白。花也笑姮娥，让他春色多。

注释

娟娟：言月光皎洁，月色妩媚。

姮（héng）娥：即嫦娥。

简析

这是一阕以机趣见巧的小词。此词境界明亮，意象美好。全词在花、月上腾挪笔墨。此二物本即人间幸福、完美的象征，再加上水晶帘与洁白的雪作衬托，益见光明一片，宁静、纯净，令人顿生无限遐思与向往。而明月收华，独让梨花放白，又透出春风得意、独领风骚的自豪与洒脱。然词境不止于此，它还含有一些寓意。花月交辉，则两相模糊，"隔帘看欲无"，给人些许遗憾，而若"月华今夜黑"，即可衬出梨花之白。这就具有了生活哲理，给人多方面启发。结尾"花也笑姮娥"，通过拟人化的笔法写梨花，更显得高洁雅致，颇有情趣。

背景

词人杨基在暮春之夜赏梨花，有感而发，写下此词。从下阕"月华今夜黑"可知，当晚无月。无月之夜赏梨花，其原因在于梨花色白，在日间显示不出其白玉般的光彩。

名家点评

〔明〕顾起纶：才长逸荡，兴多隽永，且格高韵盛，浑然无迹。（《国雅品》）

袁凯

袁凯，生卒年不详，字景文，号海叟，明初诗人，以《白燕》一诗负盛名，人称袁白燕。袁凯的诗作，言及现实极少，只于个别篇内有隐晦、曲折的表露。其成功之作多为抒发个人情怀，描述旅人思乡之篇。

月明汉水初无影，雪满梁园尚未归

白燕

明·袁凯

故国飘零事已非，旧时王谢见应稀。
月明汉水初无影，雪满梁园尚未归。
柳絮池塘香入梦，梨花庭院冷侵衣。
赵家姊妹多相忌，莫向昭阳殿里飞。

注释

旧时王谢：语出刘禹锡《乌衣巷》："旧时王谢堂前燕，飞入寻常百姓家。"言王谢旧堂前很少见到这种白燕。王谢，王导和谢安，东晋时名臣贵族。

汉水：长江支流，又称汉江，发源于陕西南部，在湖北武汉入长江。

梁园：汉梁孝王所建，故址在今河南商丘东。

赵家姊妹：指赵飞燕和其妹赵合德。汉成帝时，两人专宠十余年。

简析

这是一首咏物诗。诗人描写了白燕在春水池塘、梨花院落尽情飞舞的情景，表现了白燕纯洁、灵巧、美丽的精神气质，抒发了诗人对白燕无限珍爱与怜惜的思想感情。

"故国飘零事已非，旧时王谢见应稀"，化用刘禹锡《乌衣巷》"旧时王谢堂前燕，飞入寻常百姓家"诗句，言江山如故，物是人非，秋去春来的燕子又飞回到当年王谢居住的繁华地来了。借王谢旧事点明所咏为燕，同时诗人又作了补充：这次飞回来的燕子已不是旧时王谢堂前常见的乌燕，而是另一种较少见的全白色的燕子。"见应稀"三字进一步点出"白燕"这个诗题。接着，诗人展开想象，极力写白燕之白。白燕的体态如汉水上空一轮皎洁的明月，如梁园隆冬中随风飘舞的雪花，如暮春时节池塘边尽情翻飞的柳絮、庭院内悄悄绽放的梨花。"冷侵衣"的心绪是诗人回首人生经历时的凄苦哀伤。诗人把客观环境之美与人主观世界高洁之美、清峻之美有机地结合在了一起。

"赵家姊妹多相忌，莫向昭阳殿里飞"，诗人借赵飞燕、赵合德姐妹专宠于汉成帝的典故，实现了从写物到写人的转换，升华了主题。赵飞燕这位汉宫美人的名字，也暗合诗题的"燕"字，颇有妙趣。

此诗为吟咏白燕的名篇，广为传诵，诗人因而也获得了"袁白燕"的美誉。

背景

  此诗为袁凯早年的作品。杨仪《骊珠杂录》载：常熟时大本赋《白燕》诗呈杨铁崖，杨亟称其"珠帘十二中间卷，玉剪一双高下飞"一联，袁凯在座曰："诗虽佳，未尽体物之妙。"杨不以为然。袁归作此诗，翌日录呈铁崖，铁崖击节叹赏，连书数纸，尽散座客，一时呼为"袁白燕"，以此得名。

名家点评

  〔明〕顾起纶：袁待御景文才情遒拔，往往有奇语，尤闲于咏物。其题《白燕》《闻笛》，颇为时口脍炙，盖七言律不易得。(《国雅品》)